文心可鑑

范曾古体文赋八篇评注

邵盈午 撰

人民东方出版传媒
東方出版社

图书在版编目（CIP）数据

文心可鉴：范曾古体文赋八篇评注/邵盈午 撰.
—北京：东方出版社，2016.1
ISBN 978-7-5060-8930-2

Ⅰ.①文… Ⅱ.①邵… Ⅲ.①赋—作品集—中国—当代 Ⅳ.①I227.9

中国版本图书馆 CIP 数据核字（2016）第 019042 号

文心可鉴：范曾古体文赋八篇评注
（WENXIN KEJIAN：FANZENG GUTI WENFU BAPIAN PINGZHU）

作　　者：邵盈午
责任编辑：王　艳　李文彧
出　　版：东方出版社
发　　行：人民东方出版传媒有限公司
地　　址：北京市东城区朝阳门内大街 166 号
邮政编码：100706
印　　刷：北京京都六环印刷厂
版　　次：2016 年 2 月第 1 版
印　　次：2016 年 2 月第 1 次印刷
开　　本：710 毫米 ×1000 毫米　1/16
印　　张：8
字　　数：53 千字
书　　号：ISBN 978-7-5060-8930-2
定　　价：32.00 元
发行电话：（010）64258117　64258115　64258112

范　曾 1938年生于江苏南通，中国书画大师、著名国学家、诗人。现为北京大学教授、中国画法研究院院长，英国格拉斯哥大学、加拿大阿尔伯塔大学名誉文学博士，中国艺术研究院博士生导师、终身研究员，南开大学终身教授，南开大学文学院、历史学院博士生导师，南通大学终身教授，盘山书院山长。2008年获法兰西公民之星金质勋章。2009年被联合国教科文组织任命为“多元文化特别顾问”。2010年9月，法国总统向范曾先生授予“法国荣誉军团骑士勋章”。2011年获“中华艺文奖·终身成就奖”。2015年6月30日意大利总统亲授“意大利共和国大将军勋章”。

范曾先生出身于中国有450年十三代诗人延绵不断的著名文化世家。他于文史哲诸领域博古通今，提倡“回归古典、回归自然”，身体力行“以诗为魂、以书为骨”的美学原则，对中国画的发展厥功至钜，开创了“新古典主义”艺术的先河。他的文史哲著述中，所透露的人文关怀为国内外学界所共称，而其文章之雄奇优美，多次被誉为海内之首选。作为联合国教科文组织多元文化特别顾问，曾在联合国教科文组织总部发表“回归古典、回归自然”“趋近自然”“根本善”的专题报告。1984年，日本冈山县建立永久性的“范曾美术馆”，为中国于世界唯一享此殊荣者。1986年，范曾先生捐建南开大学东方艺术大楼。范曾先生宅心仁厚，慈爱博施，被命名为“中国十大慈善家之一”。

范曾先生笔耕不辍，著作等身，著有《大丈夫之词》《范曾诗稿》《庄子显灵记》《范曾简墨》《尊贤画集——范曾与八大山人神会》《范曾诗文集》《范曾韵语》《范曾海外散文三十三篇》《老庄心解》《论文学》《趋近自然》《范曾海外散文三十三篇》等约150种，中国国家图书馆收藏119部。

范曾先生有二十四字自评：痴于绘画，能书；偶为辞章，颇抒己怀；好读书史，略通古今之变。

揚輝全球。龍從雲起，先民圖騰，乃往昔五千年文明之大標識，亦茲後億萬年之大旌纛。大道之行，講信修睦，救國之興，端賴和諧。宇內各族，世界僑屬，稽獻瓣香，恭祭先祖。歷萬代，共飛芳之所在，國信美而永駐。刻石再拜，以頌以詩，斯聲無恙。

丁亥春河南鄭州炎黃二帝巨塑雕像落成，余所撰炎黃賦石碑同時鐫畢，距茲神州賦十有七載矣。題雖異而意相同，梓澤之謂余字亦不俗，請重寫一過付梓，敢不從命。

中翼抱沖齋 范曾

炎黃賦 原迹

炎黃賦

茫茫天宇，八萬里雲馭飆作；恢恢地輪，五千年治亂興亡。邙碭脊脈，逶迤遠連昆崙；河洛清波，浩蕩奔注海瀛。涉彼洪荒，文明肇創；萬代千秋蒙昧，啟功在我炎黃。曩昔混沌未開之時，含哺而無釜甑，結繩不見文字。伏犧有人，莫及舟車，蠶桑未興，何來垂裳。《禮》云：“故人者，其天地之德、陰陽之交、鬼神之會、五行之秀氣也。”偉哉炎黃，據天地之大德，值陰陽之交會，通靈鬼神之際，會通五行之秀。禮行赤縣，情繫蒼生。仰畏天，俯畏人，唯寬仁恭儉，出於自然，而忠恕誠愨，始終如一。不蔽奸佞之讒，不用取容之士。天下咸歸，百姓安樂。是以列星隨旋，日月遞照，風雨博施，萬物得和以生，得養以成。嫘祖，黃帝之妃，始創蠶織；倉頡，黃帝之臣，以立文字。炎帝之女精衛，銜石而填滄海；炎帝之臣夸父，逐日以迎霞光。乃神乃人，惟載遠古；是傳是說，冥輔信史。歲月遷流，窮奇斯生。涿鹿風雲突變，域中歸於一統，百族聚為中華。自中原而湧沛十方。從茲以遠，歷三代二千餘年而入於秦，再歷二千餘年而有今。天不欲亡我中華，必不亡中華之文化。中華文化，有源

名垂青史豈偶然哉

上溯九百年北宋衰微大廈毀於白蟻山崩起於朽壤宋江興師除奸威名動天地縱橫十郡所向披靡元末有施耐庵者網羅放失舊聞滙為水滸傳以生花之妙筆演繹史迹寫梁山一百單八將傳奇故事石破天驚氣干霄漢六百年來為天下所共賞梁山英雄替天行道云者處江湖之遠則憂其君之大德使然也佇立八百里水泊之涯古今騷人皆慨然而太息有不為天地大德之運行而憂思難忘者乎吁嘻以德治天下正興國之本歟

辛巳春范曾撰文並書於北京

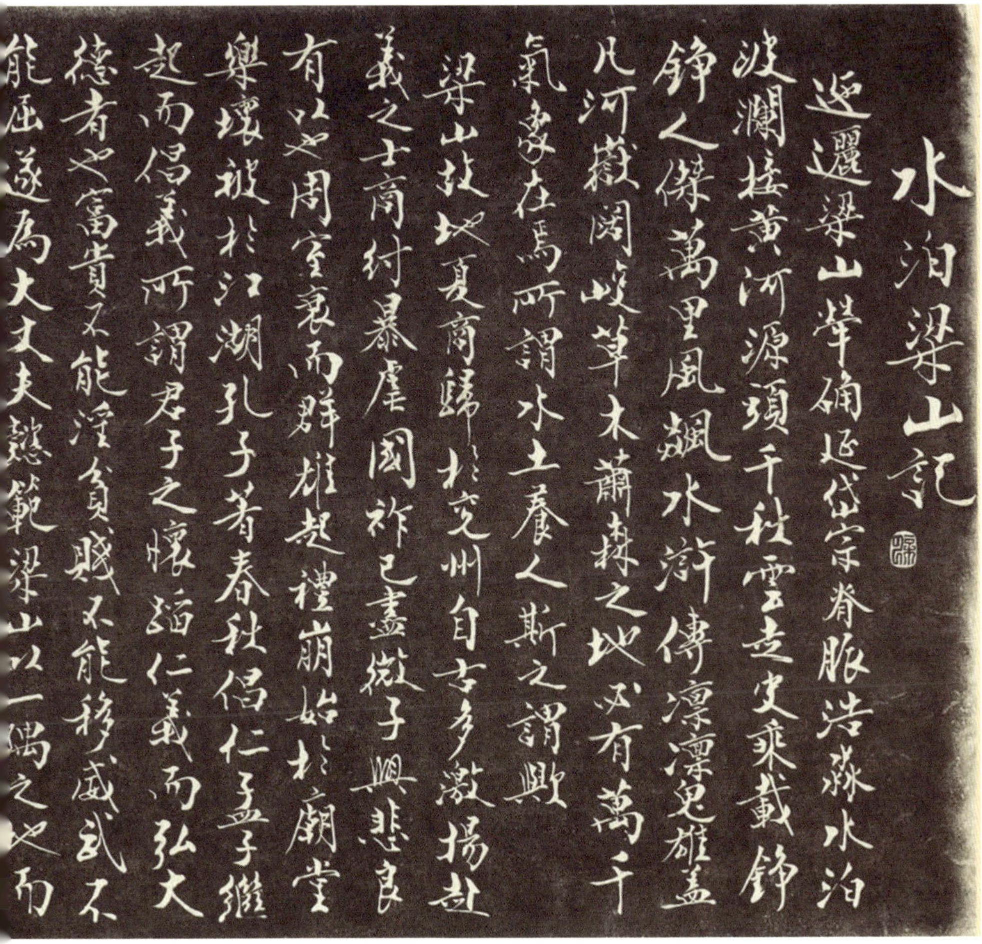
水泊梁山記
迤邐梁山峯确延岱宗脊脈浩淼水泊
波瀾接黃河源頭千秋雲走史乘載錚
錚人傑萬里風飆水滸傳凛凛見雄蓋
凡河嶽闕峻草木蕭森之地必有萬千
氣象在焉所謂水土養人斯之謂歟
梁山故地夏商歸於兖州自古多激揚赳
義之士商紂暴虐國祚已盡微子興悲良
有以也周室衰而群雄起禮崩始於廟堂
樂壞披於江湖孔子著春秋倡仁孟子繼
起而倡義所謂君子之懷韜仁義而弘大
德者也富貴不能淫貧賤不能移威武不
能屈遂為大丈夫懿範梁山以一隅之地而

水泊梁山记 原迹

崂泉铭 原迹局部

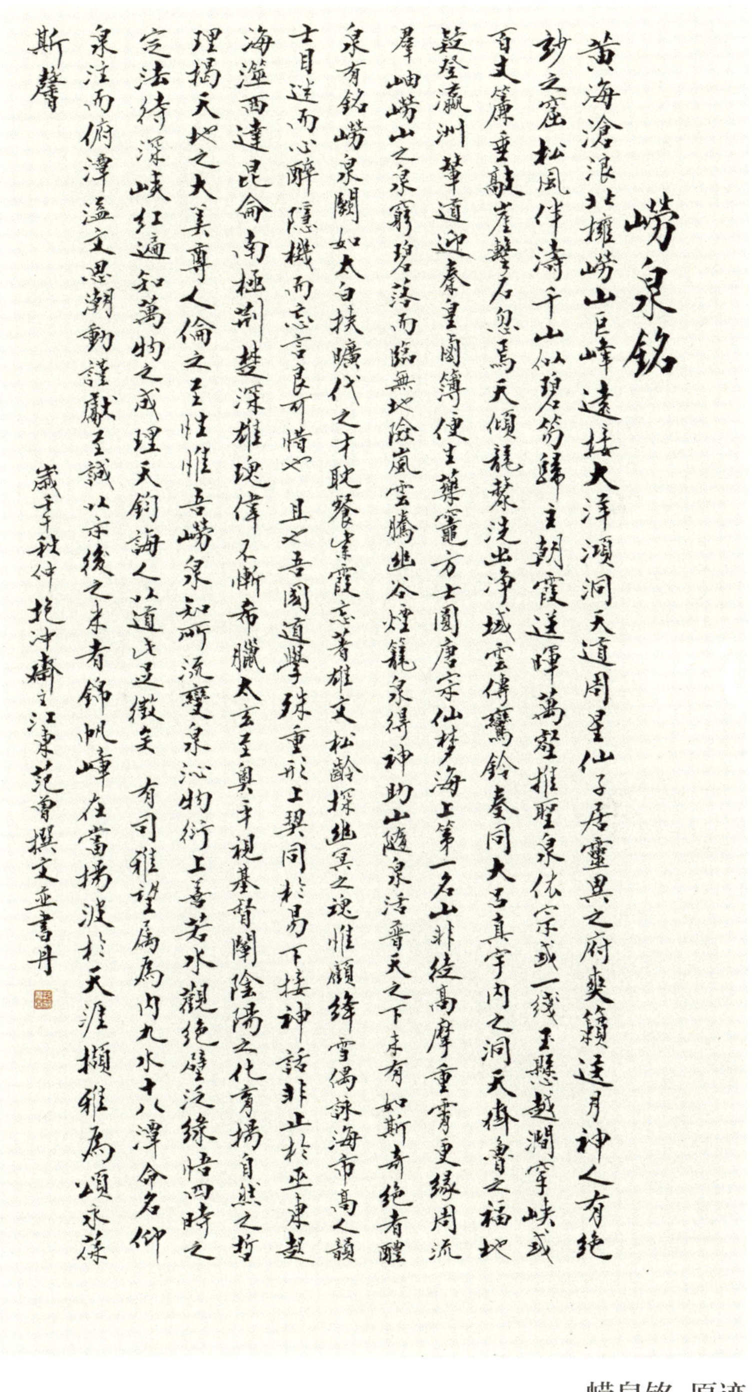

嶗泉銘

黃海滄浪北擁嶗山巨峰遠接大洋須洞天道周星仙子居靈異之府奧籍述月神人有絕妙之窟松風伴濤千山似碧笏歸主朝霞送暉萬壑推聖泉依宗或一綫玉懸越澗穿峽或百丈簾垂敲崖擊石忽焉天傾龍蔡泛出淨域雲傳鸞鈴奏同大召真宇內之洞天齊魯之福地鼓登瀛洲輦道迎秦皇閫簿使主藥竈方士圓唐宋仙夢海上第一名山非徒高摩重霄更緣周流羣岫嶗山之泉窮碧落而臨無地險嵐雲騰幽谷煙籠泉得神助山隨泉活普天之下未有如斯奇絕者醴泉有銘嶗泉闕如太白挾曠代之才耽餐紫霞忘著雄文松齡探幽冥之魂惟顧絳雪偶詠海市高人韻士目送而心醉隱機而忘言良可惜也 且也吾國道學殊重形上契同於易下接神話非止於亞東起海溢西達崑崙南極荆楚深雄瑰偉不斷希臘太玄至奧平視基督闡陰陽之化育揭自然之哲理揭天地之大美尊人倫之至性惟吾嶗泉知所流變泉沁物衍上善若水觀絕壁泛綠悟四時之定法待深峽紅遍知萬物之成理天鈞誨人以道此足徵矣 有司雅望屬為內九水十八潭命名仰泉注而俯潭溢文思潮動謹獻至誠以示後之來者錦帆嶂在當揚波於天涯擷雅為頌以永葆斯馨

歲壬午秋仲 抱沖齋主江東范曾撰文並書丹

崂泉铭 原迹

晉參慎獨循大道以治本孔子應
物斯感至德然哉
符龜發而俯羣靈瑞靄深處有大
石岫從隆然似避齡之崩頹巨壁之
岸斤贔屓拂遠殷旭日之初照澈暉
流輝散以贊曰周行不殆其本爲真
永年頤養存妝凡塵往遠斯通天
地精神舉世清風超於青華稽首
再拜 祈禄厥淳
歲在壬午之夏范曾撰文並書

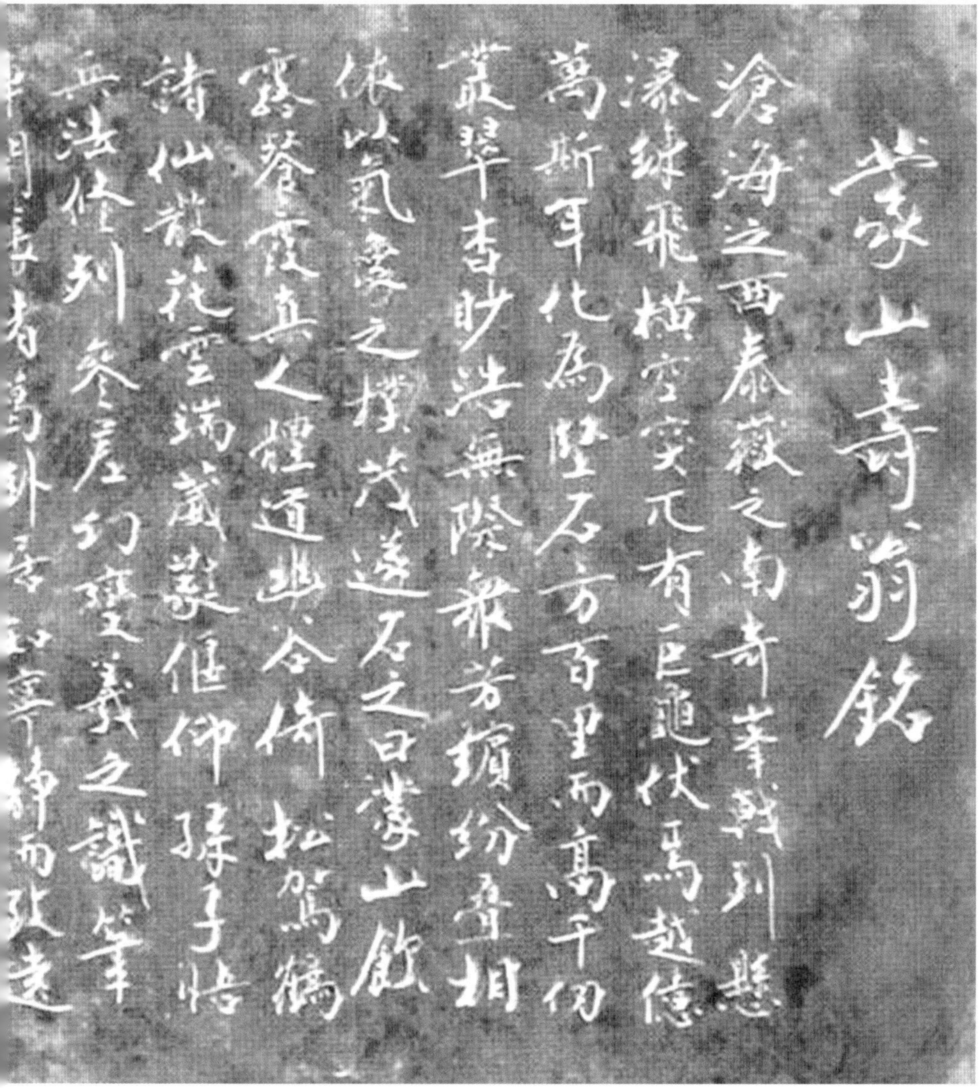
蒙山壽翁銘
滄海之西泰嶽之南奇峯戟列懸
瀑綠飛橫空突兀有巨龜伏焉越億
萬斯年化爲壁石方百里而高千仞
叢翠杳眇浩無際涯若續紛叠相
依以氣蒙之樸茂遂名之曰蒙山飲
露餐霞真人煉道幽谷倚松駕鶴
諸仙散花雲端歲蘂低仰孫子恬
無法任列參差幻變義之識筆

寿翁铭 原迹

倪迂五百年而王者興興者斯數人即其所指也千古文章有司馬而後昌積代畫壇自八大以拔俗方之寰宇西土唯彌蓋朗基羅其庶幾也歟皭然一紙計白當黑何境界之曠遠縱橫數筆如錐劃沙達形神之妙諦以五經尊嚴為熔爐與天地精神相往還與六道眾生享平等也八大哲思之大要也詩文隱蔚書翰真醇無雕琢之迹鄙曼辭之飾也八大神貌之高致也雪個霜潔兀然獨立氣指山河迹空今古八大山人所以奔逸絕域含中國形上之學其可乎致鹿村遺札謂呼吸之來止癢廣度神庵諸精神之永恒炷香再拜曷勝景仰之情陟彼山崗共勵登臨之志立石以禱萬古垂祺

歲在戊子范曾撰文並書丹

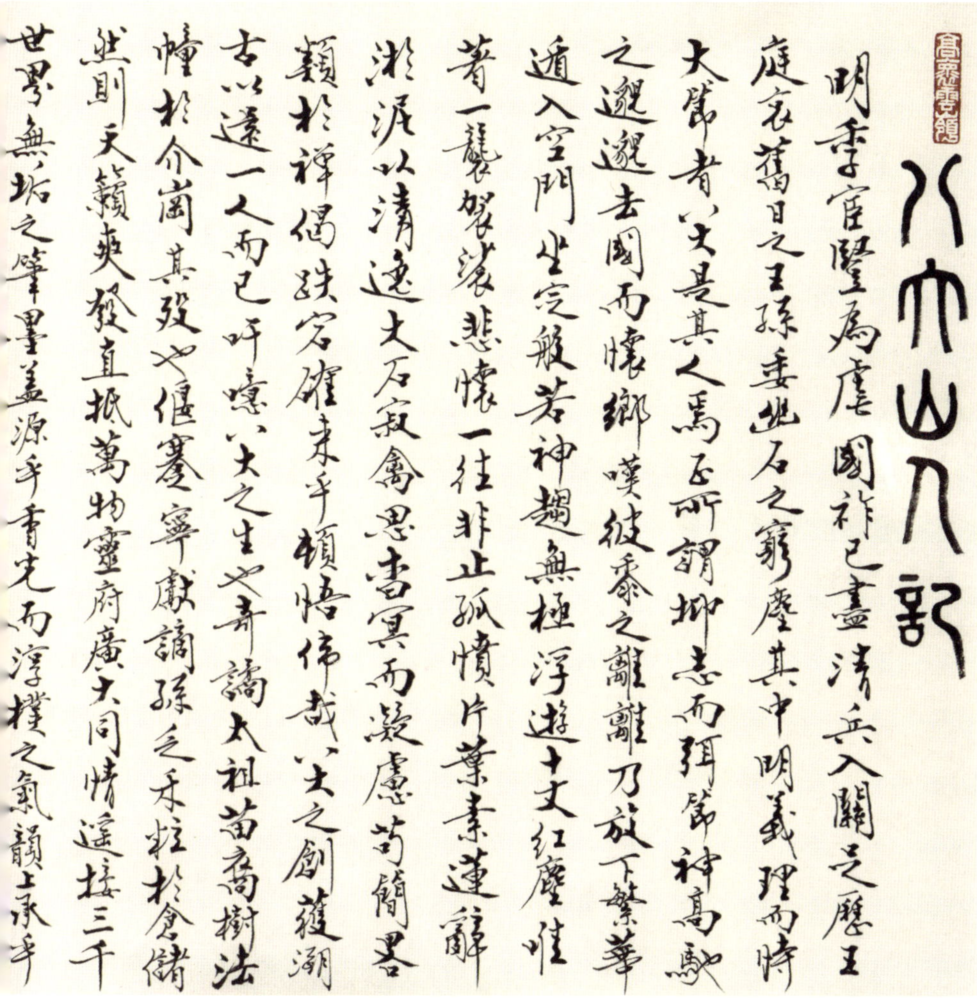
八大山人記

明季宦豎為虐國祚已盡清兵入關之歷王庭哀舊日之王孫委迹石之窮塵其中明義理而特大節者八大是其人焉正所謂抑志而預節神高馳之邈邈去國而懷鄉嘆彼黍之離離乃放下繁華遁入空門坐定般若神趨無極浮遊十丈紅塵唯著一襲袈裟悲懷一往非止孤憤片葉素蓮辭淤泥以清逸大石寂禽思杳冥而凝慮苟簡畧類於禪偈趺宕懽末乎頓悟偉哉八大之創獲溯古以遠一人而已吁噫八大之生也奇譎太祖苗裔樹法幢於介崗其歿也偃蹇寧獻諸孫之禾粒於倉儲然則天籟爽發直抵萬物靈府廣大同情遥接三千世界無垢之筆墨蓋源乎青光而淳樸之氣韻上承乎

八大山人记 原迹

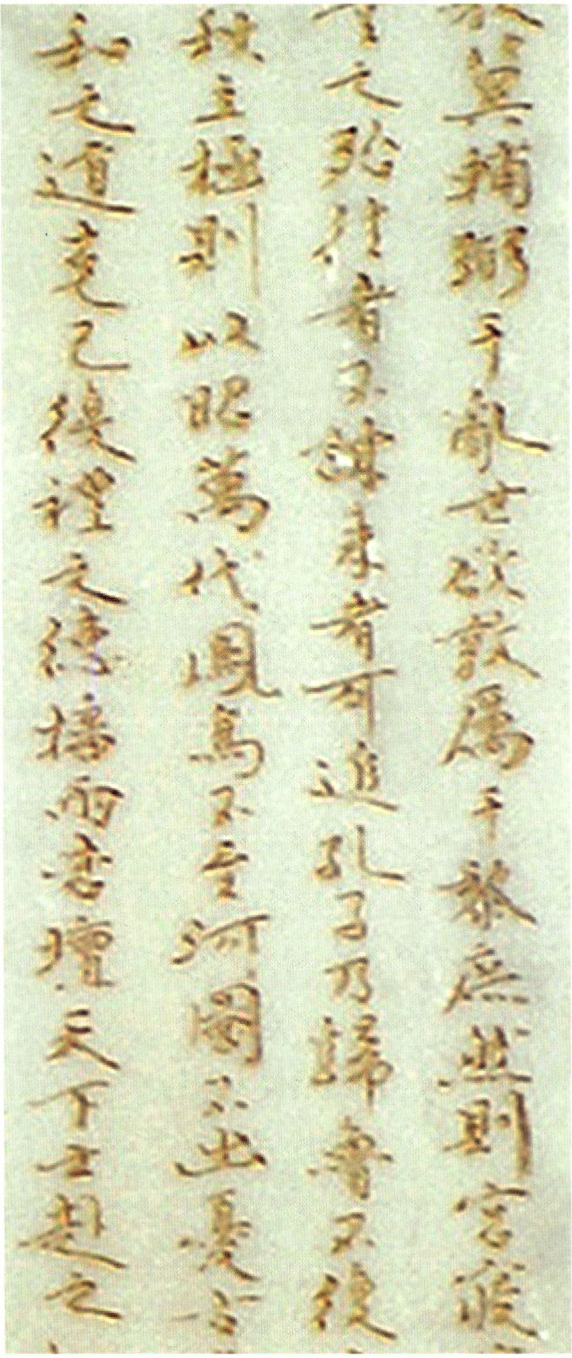

孔子大典祭文 原迹局部

孔子大典祭文 原迹

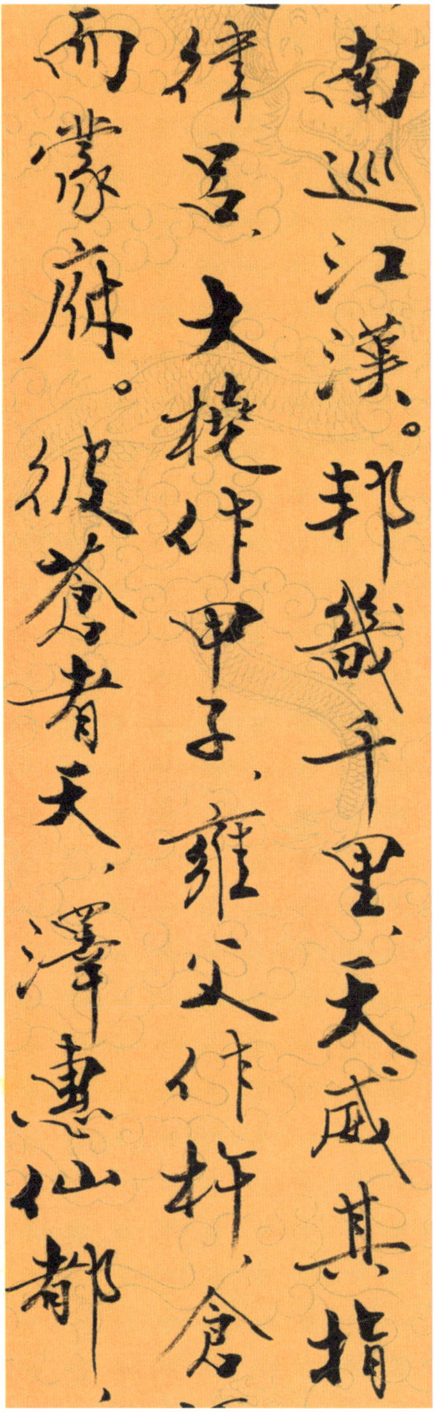

黄帝赋 原迹局部

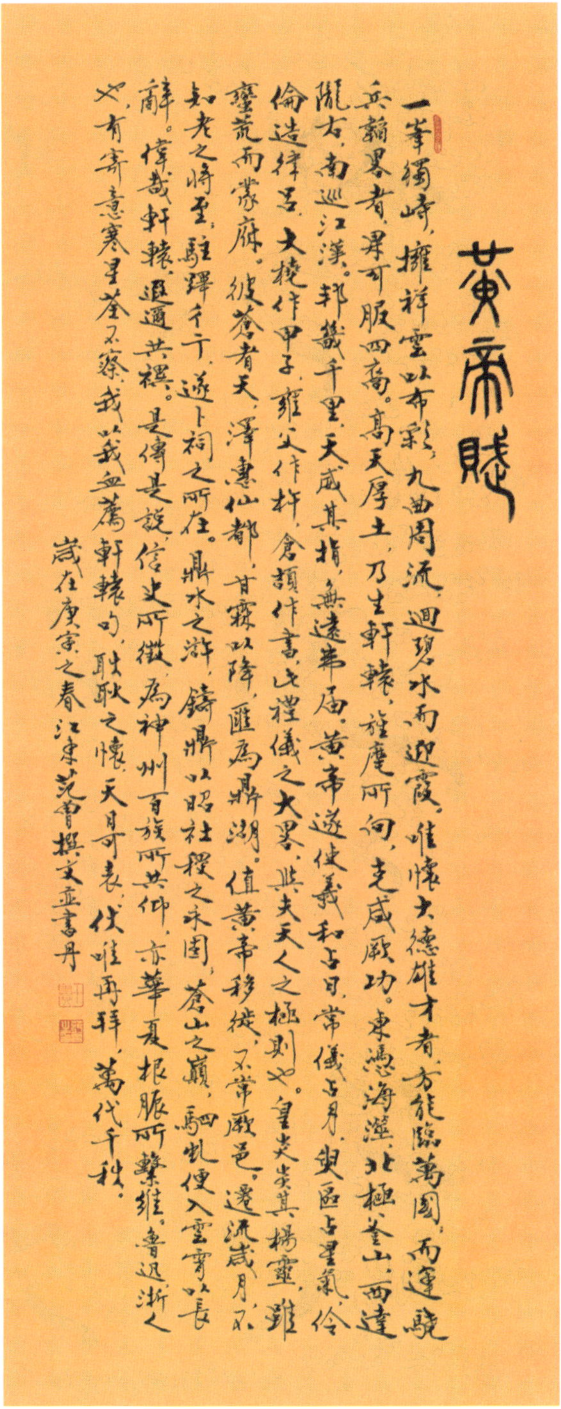
黄帝賦
一峯獨峙，擁祥雲以布彩；九曲周流，迴碧水而迎霞。唯懷大德雄才者，方能臨萬國；而運駿
兵韜畧者，果可服四裔。高天厚土，乃生軒轅，旌麾所向，克成厥功。東濵海澨，北極釜山，西達
隴右，南巡江漢。邦畿千里，天威其指，無遠弗屆。黄帝遂使羲和占日，常儀占月，臾區占星氣，伶
倫造律呂，大撓作甲子，雍父作杵，倉頡作書，正禮儀之大畧，興天人之極則也。皇矣其揚靈，雖
蠻荒而蒙庥。彼蒼者天，澤惠仙都，甘霖以降，匯爲鼎湖。值黄帝移徙，不常厥邑，遷流歲月，不
知老之將至；駐蹕于丁，遂卜祠之所在。鼎水之滸，鑄鼎以昭社稷之永固；蒼山之巔，驅虬便入雲霄以長
辭。偉哉軒轅，邈遠共禩。是傳是說，信史所徵，爲神州百族所共仰，亦華夏根脈所繫維。魯迅淅人
也，有寄意寒星荃不察，我以我血薦軒轅句，耿耿之懷，天日可表。伏唯再拜，萬代千秋。
歲在庚寅之春 江東范曾撰文並書丹

黄帝赋 原迹

靈魂深處回旋的神州賦。

冀抱冲齋、范曾於北京

華神州賦

雲浮千秋，江山萬古，是一片心頭的聖址和淨土。有共工來破，有女媧來補，有歷代志士仁人蕩摩滌垢，驅障除腐。哺我，有天降雨露，飽我，有壠畝禾黍，她是生我養我，愛我，撫我的慈母。

導水有大禹的鋤，劈山有五丁的斧，論天地有眾妙之門的太極圖，撐天地有傲骨錚錚的大丈夫。道既存，德不孤，漫道古今風物殊。問北國的嚴霜諾雪，問江南的綠草平蕪，問半壁海日，問曉霞暮霧，問戍卒嫠婦，問睿智頑魯，問列宗列祖，五千年文明是樂是苦。天無語，地無語，但祇見桃花盡日隨流水，但祇見寒雨連江夜入吳。永恒的逝水如斯，永恒的蒼茫沉浮。君不見五千年輪番的寒暑，五千年不盡的榮枯，五千年的玉帛變鼙鼓。戡平天下的聖賢，尋治家國的良圖。無字的如弦大道，有壓厚的漫漫征途，深禱她國泰民富，深禱她天朗地甦。

我們的擎頂之山安，導之泉注。曾幾番擊節長歌，風捲雲舒；曾幾番濯浪飛舟，天低吳楚。這是一首浩茫悲愴的歌，一首恢宏

目录

炎黄赋

莽莽天宇[1]，八万里云驰飙作[2]；恢恢地轮[3]，五千年治乱兴亡。邙砀脊脉，逶迤远连昆岗[4]；河洛清波[5]，浩荡奔注海澨[6]。涉彼洪荒[7]，文明肇创[8]；万代千秋蒙庥[9]，厥功在我炎黄[10]。曩昔混沌未开之时[11]，含哺[12]而无釜甑[13]，结绳不见文字[14]。伐檀有人，莫及舟车[15]；蚕桑未采，何来垂裳[16]。《礼》云[17]："故人者，其天地之德、阴阳之交、鬼神之会、五行之秀气也[18]。"伟哉炎黄，据天地之大德，值阴阳之交会，通灵鬼神之际，会道五行之秀。礼行赤县[19]，情系苍生[20]。仰畏天，俯畏人，惟宽仁恭俭[21]，出于自然；而忠恕诚悫[22]，始终如一。不蔽奸佞之谗[23]，不用取容之士[24]。天下咸归[25]，百姓安乐。是以列星随旋[26]，日月递照，风雨博施，万物得和以生[27]，得养以成[28]。嫘祖[29]，黄帝之妃，始创黼织[30]；仓颉[31]，黄帝之臣，以立文字。炎帝之女精卫[32]，衔石而填沧海；

炎帝之臣夸父[33]，逐日以迎霞光。乃神乃人，惟载远古[34]；是传是说，宜辅信史[35]。岁月迁流，穷奇斯生[36]，涿鹿风云突变[37]，域中归于一统[38]，百族聚为中华，自中原而滂沛十方[39]。从兹以还，历三代二千余年而入于秦[40]，再历二千余年而有今。天不欲亡我中华，必不亡中华之文化。中华文化，有源以之开流[41]；神州百族，有秩以之共理[42]。炎黄脊梁，遍列九州，姓氏血脉，扬辉全球。龙从云起[43]，先民图腾，乃往昔五千年文明之大标识[44]，亦兹后亿万年之大旌纛[45]。大道之行，讲信修睦[46]，故国之兴，端赖和谐[47]。宇内各族，世界侨属，齐献瓣香[48]，恭祭先祖。历万万代，共众芳之所在[49]，固信美而永驻[50]。刻石再拜，以颂以祷[51]，斯馨无恙[52]。

注释：

［1］莽莽：广袤无边貌。

［2］飙作：飙，疾风、狂风。作，兴起。

［3］恢恢：宽广貌。老子《道德经》："天网恢恢，疏而不失。"

［4］"邙砀"句：邙，邙山，位于河南省西部，东西走向。西段渑池县北仰韶村，以出土新石器文物著名。东段称北邙山，多古代帝王陵墓。砀，砀山，在河南永城县东北。邙、砀二山地处文明发轫地的中原，且山脉绵延，故云"远连昆岗"。逶迤，绵延不绝状。昆岗，即昆仑山，西起帕米尔高原东部，横贯新疆、西藏间，东延入青海境内，长约 2500 公里。高峰有慕士塔格山（7546 米）、公格尔山（7719 米）等。多雪峰、冰川。

［5］河洛：指黄河与洛水。

［6］海澨：澨，水涯。屈原《九歌·湘夫人》："夕济兮西澨。"

［7］洪荒：谓远古时代混沌、蒙昧的状态，亦泛指远古时代。谢灵运《三月三日侍宴西池》："详观记牒，洪荒莫传。"

［8］肇创：开创、创始。

［9］蒙庥：蒙受恩泽。庥，庇荫、保护。

［10］厥功：厥，其、此；代词。

［11］“曩昔”句：曩昔，犹言往昔。混沌，亦作浑沌。古人想象中世界开辟前的状态。《白虎通·天地》：“混沌相连，视之不见，听之不闻。”

［12］含哺：口里含着食物，语出《庄子·马蹄》：“含哺而熙，鼓腹而游，民能以此矣。”形容上古时代先民们的简朴生活。

［13］釜甑：泛指民用的炊具。《诗经·桧风·匪风》：“谁能亨（烹）鱼，溉之釜鬵。”疏：“鬵是甑，非釜类。烹鱼用釜不用甑，双举者，以其俱是食器，故连言耳。”

［14］“结绳”句：上古无文字，结绳以记事。《易·系辞下》：“上古结绳而治，后世圣人易之以书契。”书契，指文字。契，刻也；古代文字多用刀刻，故名。

［15］“伐檀”句：伐檀，语出《诗经·魏风·伐檀》：“坎坎伐檀兮，寘之河之干兮。”坎坎，伐檀声。伐，砍伐。檀，木名，非如《诗经》中所指“木可为车者”。此句意谓在华夏文明肇创期，虽不乏伐檀之人，但仅仅以俟世用，尚未发展到“制舟车”的文明阶段。

[16]“蚕桑”句：垂裳，语出“垂衣裳而天下治。”(《风俗通》引《大传》) 按，炎黄以前的时代，文明的创发尚属低级阶段，故云。

[17]《礼》：亦称《小戴礼》或《小戴礼记》，儒家经典之一。战国至西汉初各种礼仪著作的选集，具有资料汇编的性质。其所记录者皆为战国秦汉间儒家的言论，特别是关于礼制方面的言论。西汉初，刘向编定《礼记》130 篇。戴德辑录的称《大戴礼记》，原有 85 篇，现存 39 篇。戴圣辑录的称《小戴礼记》，共 49 篇。有《曲礼》《礼运》《中庸》《大学》《乐记》等篇，大率为孔子弟子及再传、三传弟子所记，即为现在通行的《礼记》；东汉郑玄曾为之作注，唐代孔颖达亦有注本，是研究我国古代礼制、儒家学说的重要资料。

[18]“故人者”句：天地之德，古人认为天地有好生之德，且效法的都是无私、仁爱的精神，所谓“天无私覆，地无私载，日月无私照”(《礼记·孔子闲居》)，所谓“生而不有，为而不恃，长而不宰”“衣养万物而不为主”，其旨一也。故老子《道德经》云：“人法地，地法天，天法道，道法自然。”阴阳之交，阴阳，古代哲学中的两个基本范畴，《易经》中所有卦象的变化皆归结为阴阳二爻的变化，

以此来说明一切自然与社会现象。又，古人认为人乃秉气含生者中最灵异者，故有人为天地阴阳交合而化生之说。鬼神之会：古人认为，天神曰神，人神曰鬼。圣人之精气谓之神，贤人之精气谓之鬼。人活在世上，魂魄附身支配其活动，但不对他人构成影响。然而，一旦人死后灵魂所变的鬼却会对其亲朋或他人产生影响，甚至决定他们的命运。至于鬼魂起何作用，则取决于他本人在世时的德行表现。据《淮南子·氾论训》载："炎帝于火死而为灶。"高诱注："炎帝神农以火德王天下，死托祀于灶神。"这就是说，由于炎帝有圣德，"以火德王"，故号炎帝。由于火能给予人类以温暖、光明、能源（屈原始称温暖的太阳为"炎德"《远游》），对人类至关重要；在远古先民的观念中，火与太阳同源，日为火之精，故炎帝死后又"升格"为"太阳神"。在陕西宝鸡市内，至今仍存在着历代新建的火神庙，各县、乡几乎都有火神庙或太阳神庙，当地百姓每年都要在此举行盛大的祭祀活动，以纪念这位为民造福的"人文初祖"。五行，金、木、水、火、土。"五行"代表了五种基本物质，同时也代表事物的五种基本作用、功能、属性和效果。它们之间相互影响，形成"相克""相生"的关系，构成了万物的变化发展。“五行说”是古代中国人探索世界万物包括人自身起源的一种最基本的观念。以上数句为作者拈举《礼记》之语，极赞伟大的炎黄二帝肇创吾华的如天盛德。

[19] 赤县：邹衍创立“大九州”学说，谓“中国名曰赤县神州”，此指地处中央而非指国名，简称赤县。

[20] 苍生：本指草木生长之处。《书·益稷》：“帝光天之下，至于海隅苍生。”孔颖达疏：“旁至四海之隅苍苍然生草木之处，皆是帝德所及。”后借指百姓。

[21] 宽仁恭俭：儒家所强调的人们修身的五种德行。宽，宽厚忍让。仁，包括孝悌、仁爱等。恭，恭敬。俭，谦逊。

[22] 忠恕诚悫：儒家伦理思想。“忠”要求待人真诚，所谓“已欲立而立人，已欲达而达人”。“恕”要求推己及人，己所不愿，莫强加于人。孔子认为“忠恕”乃实行仁政的方法，其特点是“能近取譬”，即每个人以自己作为比喻，所谓“己所不欲，勿施于人”。“忠恕”是贯穿于孔子全部伦理学说中的重要思想。诚悫，诚实。儒家的道德范畴，意为实践道德原则需要真心实意、一心一意。

[23]“不蔽”句：蔽，蒙蔽。奸佞，小人。谗，在别人面前说他人坏话。

［24］取容：犹言取悦，谓取得他人的欢心。语出《吕氏春秋》："夫顺令以取容者众能之，而况绎欤？"高诱注："容，说（悦）也。"

［25］咸：副词，全、都。

［26］列星：群星；罗布在天上的星星。

［27］"万物"句：语本老子《道德经》："万物负阴而抱阳，冲气以为和。"意谓道化生万物；而万物的化生，是由道生出一种气。这种气又化生成阴阳二气；二气不断地交合，相激相荡，于是产生和气。阴阳二气不断地交合、激荡、创生，于是繁衍万物。

［28］"得养"句：意谓万物受到日月雨露的照拂、滋润得以生长。以上数句盛赞炎黄欲使天下后世、子孙氓庶勿罹灾眚、咸归生长的仁德，以及炎黄"博赡群生，资育万类"的巨大功绩。

［29］嫘祖：即蚕神，亦称蚕丛、青衣神。本为西陵之女，后当上黄帝之妃。刘恕《通鉴外纪》云："西陵氏之女嫘祖，为黄帝元妃，治丝茧以供衣服，后世祀为先蚕。"所谓先蚕，是指最先教民育蚕治丝之神，故嫘祖又叫"先蚕"，亦称"蚕母"。古代蚕农之家必祭祀嫘祖。相传周时，蜀地有一侯爷名"蚕丛"，后为蜀王。据《蜀王本纪》载：是时人民椎髻左衽，不晓文字，未有礼乐。蚕丛遂教民以种桑养蚕之术。乡人感其德，

便为他立祠祀之。其祠庙遍于蜀地，十分灵验。蚕丛巡行郊野时，常着一身青衣，故俗称“青衣神”。

[30] 黼织：黼，古代礼服上白与黑相间的花纹。织，这里主要是指在原始手工阶段，先民们利用葛藤、大麻和韧皮纤维等原料进行的简单纺织。从草鞋山新石器时代遗址出土的葛布残片看，属罗纹组织，经向密度约每厘米10根，纬向密度每厘米13—14根。钱山漾出土的麻布是平纹组织，经向密度约每厘米23.6—30.7根，纬向密度约每厘米16—20根，足见在五千年前，中国的葛麻纺织技术已具有一定的水平。

[31] 仓颉：创造文字之神，一作苍颉。《世本》云：“黄帝使苍颉作书。”《说文解字·自序》云：“黄帝之史苍颉，见鸟兽蹄迒之迹，知分理之可相别异也，初造书契。”史，即指史皇。其实，仓颉只是无数文字创造者的化身与指代性符号而已。在传说中，人们将文字的创造、发展与完善，均归于仓颉一身，尊之为仓帝。按，文字的发明是人类文明发展史上的一个标志，一个里程碑，是惊天地、泣鬼神的大事。故《淮南子·本经训》云：“昔者仓颉作书，而天雨粟，鬼夜哭。”高诱注：“鬼恐为书文所劾，故夜哭也。”苏东坡亦有“人生识字忧患始，姓名

初记可以休”（《石苍舒醉墨堂》）之句。

［32］精卫：古代传说中的神话人物。炎帝之女，游于东海，溺死海中，化为精卫，住在发鸠山上，其状如鸟，文首、白喙、赤足。自呼其名：精卫精卫。常衔西山之微木细石，誓欲填平夺去她生命的大海。

［33］夸父：古代神话传说中著名的巨人，炎帝之臣。据《山海经·大荒北经》及《海外北经》载，夸父以两条黄蛇作为耳饰，手持黄蛇两条。夸父欲追赶太阳，在禺谷赶上时，已焦渴难当，遂饮干黄河、渭河之水，仍未解渴，便欲北饮大泽；未至，中途因干渴而死。其杖化为一片邓林（即桃林）。作者拈举以上两个颇具浪漫色彩的著名神话，旨在盛赞远古人民挑战自然、征服自然的强烈愿望和雄伟气魄。

［34］“乃神”句：此句充分体现出作者对传说时代的通识睿见。从神话的初始形态来看，是以民族、胞族部落的口耳相传为特征的，具有集体创作的性质。但在历时性的流播中，难免会有增饰、加工，以致出现越来越多并行不悖的矛盾。再者，中国古代的文字与神话传说都带有明显的自发倾向；由于复杂的象形文字系统发展相当缓慢，无法及时记录野蛮与文明时代之交的神话，因此，今天所看到的神话，自然与其原初状态相距甚远。当年司马迁作《史

记》，以黄帝开篇，对炎帝则避而不论，因“百家言黄帝”，尚且“文不雅训，荐绅先生难言之”，足见太史公在处理上古材料时那种治丝愈棼只好避而不谈的无奈心情。从这个意义上说，神话固非信史，但亦不能将其视为荒渺无稽的呓语，通过史籍中所记载的种种神话传说，分明可以体识出“乃人乃神”的远古祖先的“其功如天”与“万世同仁”，进一步激发起对艰难的文明进程的追溯与反思。

[35]“宜辅”句：意谓出现在史籍中的传说抵牾万端，未可尽信，却能辅助我们对信史（正史）的理解。

[36] 穷奇：古代对凶恶之人的称号。《左传·文公十八年》：“少皋氏有不才子，毁信废忠，崇饰恶言，靖谮庸回，服谗搜慝，以诬盛德，天下之民谓之穷奇。”按，据《淮南子·天文训》载：东方神国的天帝为太皞，南方神国的天帝是炎帝，西方神国的天帝是少昊，北方神国的天帝是颛顼。中央神国的天帝是黄帝，其佐神为后土，执绳而制四方。当时，四方天帝反对黄帝，神国大乱，黄帝派兵打败四帝，恢复了神国秩序。（见《蒋子万机论》）此处作者以简括约略之语总揽上古历史，所谓“穷奇”泛指引发战乱的某种不和谐因素，并非沿袭或依从“淮南子”之说。

［37］“涿鹿”句：《绎史》五引《新书》云：炎帝与黄帝各有天下半，黄帝行道而炎帝不听，故战于涿鹿之野。又据《龙鱼河图》载：蚩尤兽身人语，率领魑魅与黄帝作战于涿鹿。蚩尤作大雾弥漫三日，黄帝军皆迷失方向。黄帝令风伯作指南车以辨四方，才突破雾阵。《黄帝战法》《山海经·大荒北经》《云笈七签》亦有类似记载。作者在此以“涿鹿风云”一语，约略言之，用意如上。

［38］域中：中国的别称。《汉书》：“《祭典》曰：‘共工氏伯九域。’”

［39］“自中原”句：中原，古地区名，即中州、中土，以别于边疆地区而言。狭义的中原指今河南省及其附近地区。先秦时期的雒邑（今河南洛阳）和陶（今山东定陶）曾被称为天下之中。其后华夏族活动范围扩大，而古豫州仍被视为九州之中，故称此地为中原。广义的中原或指黄河中下游地区，或指整个黄河流域。在南北分裂时期，常以此和江东、江左等词相对称。滂沛，波澜壮阔貌。《楚辞·九叹·逢纷》：“波逢汹涌，濆滂沛兮。”按，自阪泉之战后，中原地区几个有势力的部族集团开始结成以黄帝为首的大联盟，黄帝继炎帝之后统一了中华各地疆土，并奠定了华夏民族的基础。“滂沛”句

指此。此后，各族交浸杂处，接触频繁，“华夏”这一统称亦渐为各族所接受，“裔不谋夏，夷不乱华”的观念开始形成。

[40] 三代：指夏、商、周。夏朝（约前2070—前1600），商朝（前1600—前1046年），周朝（前1046—前256年）。秦朝（前221—前206），故云“历三代二千余年而入秦”。秦统一六国于公元前221年，故云“再历二千余年而有今”。

[41] “有源”句：谓中华文化源远流长，绵延不绝。

[42] “有秩”句：谓中华各族人民和睦相处，融融泄泄。

[43] “龙从云起”句：语出《易·乾·文言》：“云从龙，风从虎。”图腾，印第安语，意为“彼之亲族”“种族”等。图腾信仰与母系氏族社会共存。那时，图腾信仰是占有支配地位的思想意识。原始人相信每个氏族都与某种动物、植物或无生物有亲属或其他特殊的血缘关系，每个氏族发端于这种动物、植物或无生物，因而它成了该氏族的共同祖先和保护神，成为该氏族的徽号、标志和象征。也正因此，图腾崇拜成了原始宗教的一种形式。图腾信仰曾普遍存在于世界各地，在近代某些部落和民族中仍然流行。按，从文化学的视角看，龙的传说历史久远。相传在“感天而生”的上古时代，有女登感“神

龙”而生炎帝，《山海经》中亦载有“龙首而人面”“人首蛇身”的诸神，其实皆为远古时中华民族的族徽图腾。这种“炎裔黄胄”之说一直延续至今。又，在上古时代，中华民族在形成的过程中，各个氏族、部落原有着不同的图腾（鸟、马、鹿、牛、鱼等），最后拼合为中华民族共同崇拜的形象——龙，一种虚拟的综合性神灵。龙体现出各民族、部落的大融合、大团结，它具有无限强大的生命力，变幻莫测、气象万千，上可腾云驾雾，下可遁地入海，无坚不摧，不可战胜，“龙”遂成为中华民族发祥和文化肇端以及无限创造力的象征；而中华大地也因此被称为“龙的土地”，中国人被称为“龙的传人”。

［44］标识：犹言标志、徽号。

［45］旌纛：旗帜，从民族发展史的视角看，华夏、东夷、苗蛮三大部落在长期的斗争中归于同化，融为一体（这一融合过程包含三个部族的血统与优异文化成分；三者已难分彼此），并最终形成了以汉民族为主体的多民族和睦共处的大格局。这一统一中国的物质基础和文化精神的最初源头，正可追溯到黄帝部落。因此，将炎黄二帝视为中华民族的始祖和中国古代文明的象征，是在尊重客观存在的历史真

实的前提下，在对中华民族的文化认同的基础上所做出的正确评断。

[46]“大道”句：语出《礼记·礼运》“大道之行也，天下为公，选贤与能，讲信修睦”。这种“天下为公”的大同社会，为古代的一种政治理想。

[47] 端赖：完全依赖。

[48] 瓣香：原为佛家语，指心意虔诚，如供佛之焚香。此借喻全国人民对共同的祖先——炎黄的无上敬仰。

[49]“共众芳”句：语出屈原《离骚》：“昔三后之纯粹兮，固众芳之所在。”

[50]“信美”句：意谓这种仰怀祖德的美好感情将永存于天地之间。

[51] 颂：歌颂。祷：祝祷。

[52]“斯馨”句：意谓这种深厚的民族感情纯真无瑕，芳洁坚贞，将与这篇刻于石上的赋一样垂诸天壤，传之久远。

评析：

首先说说题目。

“赋”是一种后起于诗、文的特殊文体。从内容来看，有言情、陈义、述德之别。从源流上看，言情之赋本于《风》，陈义之赋本于《雅》，而述德之赋则本于《颂》。《颂》作为《诗》三百篇的重要组成部分，其内容在《毛诗·序》中早已做了解释：“《颂》者，美盛德以形容，以其成功告于神明者也。”《毛诗·序》在此所说的“《颂》”，主要指的是《颂》诗的代表作《周颂》，其主旨只在“以其成功告于神明”。此处的“成功”有其特定的历史内涵，主要是指周民族祖先的发祥和创业的辉煌历史，迥别于对“时王”的歌功颂德。又，《周颂》内容丰赡，记稼穑之艰难，谋立国之不易，力倡勤政爱民、勤俭奋斗，绝非寻常谀辞，此与后世之“群臣诵功”，或所谓“功盖五帝，泽及牛马”（《秦始皇本纪》）大异其趣。明乎此，我们便不难理解作者以《炎黄赋》为题，实则深合《周颂》之旨。至于“述德”，则为题中必备之意。我们在诵读正文之前，对作者的制题之工，宜有会心。

下面来看正文。

“莽莽天宇”，“恢恢地轮”，起笔即从大处着眼，独冠全篇。笔力英挺，气象莽苍，迥不犹人。至若“邛砀”句，雄浑深灏，益形出色，韩（愈）文之雄奇与苏（轼）文之浩荡，兼而备之。

若进一步寻绎，此四句，高妙处还在于虽以“景语”出之，却暗寓中华民族不断蕃衍、发展、壮大而终归一统之意，“意司契而为匠”，信然。赋者若不能于题事统体笼举，断不能如此横空发论。

自“含哺”句始，极言蛮荒的远古时代生存环境之严酷，而远古文明的脚步，就是这样在石镞的斫击和弓箭的钝响以及陶窖袅袅的炊烟中艰难地跋涉着；惟其如此，则更显示出作为“人文初祖”的炎黄“文明肇创”的卓绝与伟大。

接下来，作者以《礼记》之语作引，取镕经义，与题旨切合无间，气格亦更形高古。所谓“经”者，载道以立言，述圣以垂教也，故刘勰《文心雕龙》一书，于《原道》《征圣》之后，必继以《宗经》，此即所谓“洞性灵之奥区，极文章之骨髓”，是以百家腾跃而终入环内。性灵镕匠，羽翼道心；文章呼吸，旁通圣虑。执是以衡，我们固应意会作者引用《礼记》之语的一番体经崇圣之意，却不必以宋儒训诂强合之。

至此而下，作者转入对炎黄的正面赞颂，将炎黄的“宽仁恭俭”、“忠恕诚悫”、重“和”、尚“礼”，层层叙出，发皆中节，不禁令人正襟起敬。至若“万物得和以生，得养以成”诸句，似化用《周书》“以成草木之长”“以成鸟兽之长”，“万物不失其性，天下不失其时”，辞采渊懿，浑雅高古。至于“列星随旋，日月递照，风雨博施”诸语，乃极行文之能事也；不然，何以光赞盛美？为申足此意，作者旁搜远绍，坠绪独寻，例举“嫘祖”“仓颉”“精卫”“夸父”等神州传说，借以展现先民们挑战自然、征服自然的强烈愿望和雄伟气魄。细味此赋，其精彩发越处正在于赋者用全力盛赞炎黄“博赡群生，资育万类”致使万代蒙庥的仁德，而令读者益叹其为“如天功德”，妙在详处不觉其繁，略处不觉其简，固深得义法之神髓，亦《周颂》大旨之敷扬升发也。

“乃神乃人，惟载远古；是传是说，宜辅信史”，此十六字，虚实为用，足以彰显作者对“文献不足征”的上古传说时代的通识睿见，扫聚讼之芜词，创千秋之高论。

从章法上看，此处乃一必要之过渡，足可起到承上启下的作用；否则，下文则会显得过于突兀。自“岁月迁流，穷奇斯生”句始，至“再历”句终，作者体约用博，以古朴浑雅之语概述上古文明演进的历史过程，闳深肃括，洵为大手笔也。从古文法上看，此乃朱熹“揭过法”（即翻过之意）之妙用也。按，随着人文科学与自然科学的高度发展，学者们纷纷以捐弃陈说为能事，惟独于“炎黄”作为“人文初祖”这一点，表现出惊人的共识，并引为骄傲。事实证明，将炎黄二帝视为中华民族的始祖与中国古代文明的象征，是在充分尊重客观存在的历史真实，并对中华民族文化认同的基础上所做出的正确评断，此乃不言自明之理，若铺陈开来，则不知要费去几多笔墨。由是可知，叙事有寓理、寓情、寓气、寓识之别，此乃寓识之笔也。且也切题立意，非识之高卓精审，无以中要也。

纵观全赋，前半主叙事，后半重议论，至“天不欲亡我中华”始，此一段议论尤为警切，庄肃正大，妙在愈转愈紧，有一气贯注、一发莫遏之势。为赋者，要在“结撰至思”；欲求意胜，必当以言内之实事，发言外之重旨。不然，赋物必此物，其为用也几何？匠心在是，宜乎用志覃研。

自“龙从云起”至“大标识”“大旌纛”，赋者感情益发炽烈，语势亦愈激昂，已然掀起全篇的高潮。其声如巨石浑金，令人神往。此乃尊题法之妙用也——力申炎黄在中华文明史上不可动摇、不容替代之地位，阐扬炎黄对作为“龙之传人”的华夏子孙的巨大影响力与凝聚力，极言沐浴着五千年灿烂文化的中华儿女的骄傲与自豪——尊题如斯，则此赋之识见、气格不由不高矣。

李仲蒙尝谓“叙物以言情谓之赋”（语见宋人胡寅《斐然集》卷十八），龚鼎臣亦云：“赋者，缘物以成文，必辞理称则彬彬可观。”（语见《东原录》）诚哉斯言。

末段，作者以极赞终篇，工切之至。赋者在此特别点出“讲信修睦”“端赖和谐”诸语，既总应上文，揭出全文之旨，又关乎世用，大大强化了“寓倡于颂”的作意。

最后再就全赋略为申说。

如前所言，此篇用的是赋体，但它既不同于规制宏大、“铺张扬厉”的汉赋，亦不同于魏晋后藻采绮丽、严整工稳的骈赋，而是袭旧弥新，自铸伟辞，且体物不遗，言近旨远，意极渊懿，而辞贵浏亮，极尽赋体之体要。所谓“浏亮”，出自陆机的《文赋》：“赋体物而浏亮”，“浏亮”既关乎遣词，又关乎音韵。从声调上考量，此赋依循古赋协韵成文的体式，凡数易韵，自成段落。如第一段以“亡”“岗”“创”“黄”“裳”等响亮高亢的“七阳”为韵，正与庄肃正大之文质相契；至“流”“州”“球”转为“尤”韵，其间韵随情转，以“气”驭声，借以不断地造成抗坠昂促、激荡回旋的气势。按，古赋用韵，亦用奇数，不必定偶也。如文中的“秦”“今”，“华”“化”，奇偶句韵脚密押，流转和畅，极为美听。而末段的“属”“祖”“驻”转而易为仄韵，铿锵有致，大大增强了赋文的美感效应。若连用平声押韵，则气格不健，且无顿挫之致，音乐之美尽失；而易以仄韵，则气格雄浑，音节高亮，且与题旨相合，大有裨助于文质的显现。由是可见，凡擅文者必擅审音，有志为文者不可不察。从章法上看，此赋文气内转，脉络井然。行笔如草蛇灰线，处处照应，绝无平、缓、散、塌之弊，虽是一气挥成，却有分写、合写，实写、虚写。作者面对浩瀚纷繁的上古史料，纷者整之，孤者辅之，板者活之，枯者腴之，虚者实之，实者虚之，剪裁运化之方，此已大备。盖其思既能遥接千载，而其才于题事足以笼举，摛藻为文，自能杰然自树质干，并最大程度地将古汉语的灵光神妙彰显出来，使之呈现出一种“文律运周，日新其业。变则其久，通则不乏”（刘勰《文心雕龙·通变》）的崭新面貌。

“世降奇才开境域，天留巨石待文章”（范曾诗），此赋蹈励豪纵，遒健激昂，充分披示出作者“天之将降”的文化担当与精神自信。尤其是一个“待”字，道尽了对一种伟大的、高贵的人文精神的皈仰。目前，这篇在识力笔力上无一字凡响的赋文已镌刻在河南新郑黄河公园内炎黄二像前的摩崖巨石上（3300cm × 330cm），庄肃正大，奕奕煌煌，足以凌厉一世，泽惠千秋。

水泊梁山记

迤逦梁山[1]，荦确延岱宗脊脉[2]；浩淼水泊[3]，波澜接黄河源头[4]。千秋云走，史乘载铮铮人杰[5]；万里风飘，《水浒》传凛凛鬼雄。盖凡河岳阔峻、草木萧森之地[6]，必有万千气象在焉。所谓水土养人，斯之谓欤？

梁山故地，夏商归于兖州[7]，自古多激扬赴义之士。商纣暴虐[8]，国祚已尽[9]，微子兴悲[10]，良有以也[11]。周室衰而群雄起[12]，礼崩始于庙堂[13]，乐坏被于江湖[14]。孔子著《春秋》倡仁[15]，孟子继起而倡义[16]。所谓君子之怀，蹈仁义而弘大德者也[17]。富贵不能淫，贫贱不能移，威武不能屈[18]，遂为大丈夫懿范[19]。梁山以一隅之地而名彪青史[20]，岂偶然哉？

上溯九百年，北宋衰微，大厦毁于白蚁，山崩起于朽壤[21]。宋江兴师锄奸[22]，威名动天地，纵横十郡，所向披靡[23]。元末有施耐庵者[24]，网罗放失旧闻，汇为《水浒传》[25]，以生花之妙笔，演绎史迹[26]，写梁山一百单八将传奇故事，石破天惊，气干霄汉[27]，六百年来为天下所共赏。梁山英雄“替天行道”云者，亦处江湖之远则忧其君之大德使然也[28]。

伫立八百里水泊之涯，古今骚人，皆忾然而太息[29]，有不为天地大德之运行而忧思难忘者乎[30]？吁嘻，以德治天下，正兴国之本欤[31]！

注释：

[1]迤逦：亦作“迤逦”，曲折连绵的意思。梁山：位于山东省西南部，隶属济宁市，是水浒故事的发源地。如今，水浒梁山已成为闻名全国的武术之乡、运河文化之乡、忠义之乡。是山东曲阜东文西武文化发展格局中武文化的代表，有“东方武城”之称；是京杭运河的新开端；同时也是水浒文化的聚集地、继承地和发扬地，有“中国水浒，大义梁山”之誉。

[2]荦确：怪石嶙峋貌。

[3]浩淼：浩，水大，引申为大和多。淼，同“渺”，水势浩大貌，此处形容烟雾笼罩的江湖水面浩渺无际。

[4]接：连接。

[5]史乘：指正史，即在史书上有确切记载的真实历史事件。

[6]萧森：阴森、草木茂密貌。

[7]兖州：兖，古作“沇”。《史记·夏本纪》“兖州”作“沇州”，为九州之一，位于华北平原上。夏商之际，梁山隶属兖州。

[8]商纣：人称殷纣王。殷帝辛名受德，商朝的亡国之君。

[9]国祚：即国运。一般指一个王朝理论上应当维持的时

间，但与王朝实际维持时间往往不尽相同。

[10]微子：子姓，名启，世称微子。宋国（位于今河南商丘一带）开国远祖，第一代国君。为商王帝乙的长子，殷纣王的庶兄，见纣王无道，力劝无果，遂离去。

[11]良：副词，诚然、确实。以：原由。

[12]周室：语出汉贾谊《过秦论》："君臣固守以窥周室。"按，周朝是中国历史上继商朝之后的一个世袭王朝，分为西周（前1046年—前771年）与东周（前770年—前256年）两个时期。西周由周武王姬发创建，定都镐京和丰京，成王时期营建洛邑；西周末年，周平王姬宜臼从镐京东迁洛邑后，史称东周。其中东周时期又称春秋、战国。周王朝存在的时间从约前11世纪至前256年，共传30代，历时约为791年。其中西周是中国第三个也是最后一个世袭奴隶制王朝，其后秦汉开始成为具有从中央到地方的统一政府的大一统国家。史书常将西周和东周合称为两周。群雄：旧时指在时局混乱中称王称霸者，后亦指乱世中的卓异人物。《后汉书·樊准传》："群雄崩扰，旌旗乱野。"《三国志·吴志·陆逊传》："群雄虎争，英豪踊跃。"

[13]礼崩始于庙堂：此句意谓逮至春秋末年，由于分封

制允许诸侯拥有进一步分封的权力和独立的武装，导致周王室衰落；又因为分封后诸侯与周王室的血缘关系愈来愈淡，而周王室又不能有效地控制地方，封建制度开始崩坏，中国的政治结构由等级秩序转向了无政府主义，一切政治的、社会的、经济的制度，都发生了根本的变化，出现了“礼崩乐坏”的大乱局面。

[14]被：同“披”，原意为打开、散开，此处意为遍布。

[15]孔子倡仁：孔子把“仁爱”作为礼乐的思想基础和处理人与人关系的准则，将“仁”作为最高的道德原则、道德标准和道德境界，这是一种含义极广的道德范畴。在此基础上，孔子又提出“己所不欲，勿施于人”“己欲立而立人，己欲达而达人”的推己及人的博爱思想。在孔子看来，一个人能终身坚持“仁”是很难的，若要真正实现“仁”的境界，甚至需要抛弃生命，故孔子强调“杀身以成仁”。

[16]孟子倡义：孟子力倡“舍生而取义”，尝谓“生，亦我所欲也；义，亦我所欲也。二者不可得兼，舍生而取义者也”，与孔子强调的“杀身而成仁”，正乃同一属意。文天祥就义前的绝笔中写道：“孔曰成仁，孟曰取义。唯其义尽，所以仁至。读圣贤书，所为何事？从今而后，庶几无愧。”

[17]大德：大功德、大恩。

[18]富贵不能淫，贫贱不能移，威武不能屈：为孟子心目中“大丈夫”的三个标准。语出《孟子·滕文公下》。

[19]懿范：美好的道德风范。

[20]彪：彪炳、光耀。青史：古人在竹简上纪事，因称史书。将事迹记载于史书上，形容业绩不朽，必将流传千秋万代。

[21]朽壤：腐土。

[22]兴师：犹言兴兵、起兵。语出《诗·秦风·无衣》：“王于兴师，修我戈矛，与子同仇。”明冯梦龙《东周列国志》第七十三回：“（伍）子胥以王不肯兴师，辞职不受，有怨望之心，不可用之。”

[23]披靡：谓风所吹之处，草木随之倒伏。此喻梁山英雄沛然莫可御之的正气。

[24]施耐庵（1296—1370）：原籍苏州。30岁中举，35岁中进士。博通古今，才气横逸。举凡群经诸子、词章诗歌、天文、地理、医卜、星相，一切技术无不精。洪武初隐于江阴，设馆授徒，从学者甚众。每为人卜决疑难，应验如响。邻近有病者，自往诊视，药之无不愈，群诧为神。为人颇为自负，尝谓：青田刘伯温长于为政而拙于军旅，中驷才耳；若余不仕则已，仕必文为宰辅，武致将帅，握兵十万定天下，如

下棋一局而已。尝取梁山泊故事，拟天罡地煞一百八人，著成《水浒》一百二十回。文笔精工，状物肖妙，坊贾喜而刻之，风行遐迩，贾因而致富。此书后辗转流入禁中，太祖见而恶之曰：“此倡乱之书也，是人胸中定有逆谋，不除之必贻大患。”密令疆吏捕之，兵至日，耐庵已先夕遁去，莫知所终。

[25]网罗：即搜集、收罗。

[26]演绎：推演铺陈。《朱子语类》卷六七：“汉儒解经，依经演绎；晋人则不然，舍经而自作文。”明胡应麟《诗薮·闰余上》：“盖后人因此演绎为传奇，而以状元附会。用修据为事实，恐未然。”

[27]气干霄汉：干，高入、触犯之意，此处形容梁山英雄因“替天行道”，故有着大无畏的冲天豪气。

[28]使然：使，令、让。然，这样。使（之）然，令……这样。

[29]忾：叹息。

[30]忧思难忘：语出曹操《短歌行》：“对酒当歌，人生几何？譬如朝露，去日苦多。慨当以慷，忧思难忘。何以解忧，唯有杜康。”

[31]欤：文言助词，表示疑问、感叹、反诘等语气。

评析：

范曾先生独标雅则，风神绵邈，其文真如人间五岳，气象光昌。每当笔者焚香扫地，静气读之，辄深幸风骚去人不远。下面，我们就循香而入，在范曾先生用雅正的古文植就的苍翠蓊郁的文学园圃中探幽揽胜一番。为便于行文，请允许我先从范曾先生《水泊梁山记》全文的字数谈起：

全篇共368字，竟与其先祖范仲淹《岳阳楼记》字数相同！这不期而至的“巧合”，未尝不可视为范曾先生与古哲先贤在神理与文脉上的一种遥接与感应。妙笔如椽，不坠家风。

此文一入手便紧扣题旨，从梁山之地理形貌落笔，“盖凡”句最妙，仅20字，极状水泊梁山人文地理之瑰伟雄奇，足以统摄前文，亦为下文伏脉，匠心在焉。

接下来，作者以史笔出之，略溯水泊梁山之由来及人文史迹，旨在申足梁山所以名彪青史大非偶然之意。承此又提出“仁”字，以彰显一篇主脑。

第三段束上启下，转进一层，状述宋江及梁山好汉“替天行道”、忠义愤发之凛然大节，写来颇有雷动风响之势，令人神旺。又，水泊梁山之所以久负盛名，与施耐庵网罗放失旧闻、精心结撰《水浒传》大有干系，故作者以重笔将此点出，甚为切题合体。

末段俯仰今昔，感慨系之，遂提出以德治天下之宏议，何其正大！不局蹐于梁山一隅，而放怀于天地之大、国运之兴，与古贤大德相通气接壤，识见坚深、词旨宏大，可谓气雄力厚，卓万古而不磨、盱千载而独见。如此结穴，一能足文气，二能补文意，三则能提升题旨。文气足，则旨趣弥深；文意补，则理法愈密；题旨升，则寄意高远。通篇读来，辞气严正庄肃，风霜集具腕底。骈散相间，收放得体。妙在拗峭之笔，饶有妩媚；浏亮之词，要能顿挫。每览斯文，辄觉作者腕底似有神助，足堪与唐宋诸贤并驱，谁谓后来无能文者哉！

范曾先生之所以能够出此妙文，享誉文苑，窃以为大非偶然。如果我们从“史”的视角入手，进一步追究其文章家法，则大有脉络可寻。据范伯子《通州范氏诗抄序》云：“初闻《艺概》于兴化刘融斋先生，既受古文法式于武昌张廉卿先生，而北游冀州则桐城吴挚父先生实为之主。”而张、吴二人乃曾国藩门下著名弟子。范伯子与之游，故颇得桐城遗绪①。

---

① 范伯子的岳父为桐城人姚浚昌，乃清代古文大家姚莹（曾以诸孙受学于姚鼐）之子。其子姚永朴、永概，亦生长桐城，均能恪守姚氏家法，时与范伯子切磋诗文。永概挺拔，有俊逸之才；永朴清越，极冲淡之致。被范伯子敬为（转下页）

如果我们进一步寻绎，还会发现，范曾先生的文言创作受桐城派、湘乡派的影响甚深。所谓桐城派，是始于康乾时期的一个著名文学流派，因三个主创人方苞、刘大櫆、姚鼐皆为桐城人，故以此名。方苞注重“古文义法”，刘大櫆则更注重古文辞的艺术性，提出“因声求气”的主张；而桐城派到姚鼐时，正是清朝考证之风极盛之时，故而姚鼐提出合义理、考证、词章为一。又，桐城派极重“义”“法”。即以《水泊梁山记》而论，全文浓墨重彩予以突出的，是梁山英雄的“替天行道”；而他们之所以能够贯行斯义，则来自于“处江湖之远则忧其君之大德使然”的“忠义”——此正全篇之“义理”所在。为彰显这一“义理”而妙用古文技巧，即谓之“法”。“义”“法”合而为一，方能突出一篇之精神，此即刘大櫆所强调的“神气”，亦即姚鼐所标举的“阳刚之美”。

（接上页）师辈的桐城人吴挚父（即吴汝纶——笔者），为清代著名的散文大家。论文推崇桐城，其作品气势纵肆，法度严整，尝为严复所译《天演论》《原富》作序。其子吴闿生，对范伯子颇为知赏。为文纵恣转变，震荡翕辟，颇能恪守家法。而范伯子的继室，则为姚浚昌之女姚倚云，亦颇擅古诗文，有声于时。而姚倚云之姐夫马其昶，则为张裕钊、吴汝纶之高足，被时人誉为桐城派之殿军。又，范伯子还与当时的另一个诗坛巨子陈散原结儿女姻缘，范伯子的乘龙快婿便是大名鼎鼎的以诗、书、画、印冠绝一时的陈师曾。

最后，需要着重指出的是，桐城派领衔人物虽在理论上颇多建树，但在创作实践上却并不尽如人意。阳湖派的代表人物恽敬就曾分别批评方苞、刘大櫆：“旨近端而有时而歧，辞近醇而有时而瘯。”“识卑且边幅未化。”至于姚鼐，更是“才短不敢放言高论”。此乃衡文具眼之论。由是观之，范曾先生在秉承桐派法脉的同时，劲气盘折，且以诗法贯通古文义法，颇有出蓝之概。盖其学其才，足以沛然于所为之文之外，故能熔众家于一炉，孤桐朗玉，有足多者。又，所谓文章，其内质不外乎理与气。理御气而行之如天化，气载理而运之如地凝，天地合而成章，文章之所以参造化也。

崂泉铭

黄海沧浪，北拥崂山巨峰[1]，远接大洋澒洞[2]。天道周星[3]，仙子居灵异之府；爽籁送月[4]，神人有绝妙之窟。松风伴涛，千山似碧笏归主[5]；朝霞送晖，万壑推圣泉依宗[6]。或一线玉悬[7]，越涧穿峡；或百丈帘垂[8]，敲崖击石。忽焉天倾龙滕[9]，洗出净域[10]；云传鸾铃[11]，奏同大吕。真宇内之洞天，齐鲁之福地[12]。疑登瀛州，辇道迎秦皇卤簿[13]；便生药灶，方士圆唐宗仙梦[14]。海上第一名山，非徒高摩重霄，更缘周流群岫[15]。崂山之泉，穷碧落而临无地[16]，险岚云腾[17]，幽谷烟笼，泉得神助，山随泉活[18]，普天之下，未有如斯奇绝者[19]。醴泉有铭[20]，崂泉阙如。太白挟旷代之才[21]，耽餐紫霞，忘著雄文[22]；松龄探幽冥之魂[23]，惟顾绛雪[24]，偶咏海市。高人韵士，目迷而心醉，隐机而忘言[25]，良可惜也。

且也吾国道学[26]，殊重形上[27]，契同于易[28]；

下接神话，非止于巫[29]。东起海澨[30]，西达昆仑[31]，南极荆楚[32]，深雄瑰伟，不惭希腊[33]；太玄至奥[34]，平视基督[35]。阐阴阳之化育[36]，扬自然之哲理，揭天地之大美，尊人伦之至性[37]。惟吾崂泉，知所流变，泉沁物衍，上善若水[38]。观绝壁泛绿，悟四时之定法[39]；待深峡红遍，知万物之成理[40]。天钧诲人以道[41]，此足徵矣[42]。

有司雅望[43]，属为内九水十八潭命名[44]，仰泉注而俯潭溢，文思潮动，谨献至诚，以示后之来者。锦帆嶂在[45]，当扬波于天涯，撷雅为颂[46]，永葆厥馨。

注释：

[1]崂山：山东半岛的主要山脉，位于青岛市东部，古代又曾称牢山、劳山、鳌山等。它是山东半岛的主要山脉，崂山的主峰名为“巨峰”，又称“崂顶”，海拔1132.7米，地处北纬36°10′，东经120°37′，峰顶面积约1.5平方公里，为中国海岸线第一高峰，有“海上第一名山”之称。当地有古谚云：“泰山虽云高，不如东海崂。”

[2]澒洞：广漠无边貌。杜甫《自京赴奉先县咏怀五百字》：“忧端齐终南，澒洞不可掇。”

[3]周星：指木星。木星每年经过黄道十二宫（即十二次）的一宫，约十二年运行一周天，故称周星。古人用它纪年，故又称岁星。

[4]爽籁：喻清风激物之声。语出王勃《滕王阁序》：“爽籁发而清风生，纤歌凝而白云遏。”

[5]碧笏：古代大臣上朝时手上所执的竹板，多用玉、象牙或竹片等制成，可用于记事。

[6]万壑：指峰峦叠嶂的山谷。

[7]一线玉悬：指崂山上自空垂落的飞泉。

[8]百丈帘垂：极言泉石之高峻。

[9]龙漦：龙所吐出的唾液，乃龙的精气所在。

[10]净域：佛教指没有五浊（劫浊、见浊、烦恼浊、众生浊、命浊）的庄严洁净的净土。

[11]鸾铃：车铃的一种。大吕：古乐分十二律，阴阳各六，六阴皆称吕，其四为大吕。《周礼·春官·大司乐》："乃奏黄钟，歌大吕，舞云门，以祀天神。"原形容音乐的庄严、正大、高妙与和谐，此处形容四时作响的崂泉带给游人的听觉美感。

[12]齐鲁：原为春秋时两个国名，在今山东省境内。《史记·货殖列传》："故泰山之阳则鲁，其阴则齐。"后遂以"齐鲁"作为这一地区的代称。福地：指神仙居住之地，旧时亦常指道观寺院。又，据载佛家有十万方诸佛国土，道家有无量洞天福地，道教有七十二福地之说，后亦指幸福安乐之所。

[13]卤簿：中国古代帝王外出时扈从的仪仗队。蔡邕书中曾记载：天子出，车驾次第，谓之卤簿。

[14]方士：道家指炼制丹药以求得道成仙的术士。此处似指安期公，传说其为琅琊郡隐士，在海边以卖药为生，老而不死，后来得道成仙，被称为"千岁翁"。

[15]岫：本意为岩穴、山洞，文言文中多指山峰。

[16]穷碧落：道家称东方第一层天，碧霞满空，谓之

"碧落"。语出白居易《长恨歌》:"上穷碧落下黄泉,两处茫茫皆不见。"此处指天上。临无地:语本王勃《滕王阁序》:"飞阁流丹,下临无地。"临,从高处向低处看,深不见底,极言崂泉高峻陡峭。

[17] 岚:山林中的雾气。王维《送方尊师归嵩山》:"瀑布杉松常带雨,夕阳苍翠忽成岚。"

[18] 山随泉活:意谓崂山因有崂泉而更加充溢生机。

[19] 如斯:如此。斯,代词,表示某种具体语境中所指的事物。

[20] 醴泉:语本《礼记》:"天降甘露,地出醴泉。"醴,甜酒。醴泉,甘美的泉水。《尔雅·释天》:"甘雨时降,万物以嘉,谓之醴泉。"按,此处指醴泉县,位于陕西省关中平原中部,唐太宗在九成宫(今陕西麟游)避暑时掘地成井,命名"醴泉",后魏徵为文,欧阳询书写成《九成宫醴泉铭》,流传甚广。1964年醴泉县更名为礼泉县。

[21] 太白:即李白,字太白,号青莲居士,又号谪仙人,唐代著名诗人。耽餐紫霞:语出李白《寄王屋山人孟大融》:"我昔东海上,劳山餐紫霞。亲见安期公,食枣大如瓜。中年谒汉主,不惬还归家。朱颜谢春辉,白发见生涯。所期就金液,飞步登云

车。愿随夫子天坛上，闲与仙人扫落花。”

[22]雄文：指内涵精深、气势雄伟的诗文，亦常用作对他人诗文之美称。此句此处因题而发，意谓李白来到崂山，因耽迷于四周仙景，竟未遑为“崂泉”作铭，成为千古憾事。

[23]松龄：即蒲松龄（1640—1715），字留仙，别号柳泉居士，山东淄川人。早年以“县、府、道三试第一”考中秀才，其后却屡试不第，逮至71岁才得到“岁贡”头衔。一生主要靠替大户人家坐馆（当私塾先生）维持生计，但在文学上却成就斐然，尤以短篇小说集《聊斋志异》最为著名。幽冥：古代指掌管万物生灵生命的地方，凡天地万物，死后其灵魂都被黑白二常拘到阴界，由四大判官之生死簿审判其在阳世之善恶，使其在阳间一切都在阴间了结。此指蒲松龄的《聊斋志异》，其中以谈鬼说狐为创作题材。

[24]惟顾绛雪：绛雪系蒲松龄小说《香玉》中的主人公之一，其原为耐冬——山茶（古书中也称作曼陀罗）所化，在小说中是一位“性殊落落”、极有个性的女子，有着成人之美的君子情怀。小说中黄生与香玉生死相许的爱情正是在她的帮助下得以超越阴阳阻隔而再续前缘的。因此，在小说《香

玉》中，绛雪的形象最为动人，最具一种纯美的人性魅力。偶咏海市：海市，海市蜃楼之省语，是地球上物体反射的光经大气折射而形成的蜃景。按，蒲松龄一生中仅游览过两座名山，一为崂山，一为泰山。蒲氏于1672年4月游览崂山，有幸亲睹壮观的海上日出，又在番辕岭一带目睹了难得一见的崂山海市。蒲氏曾创作了《崂山观海市作歌》，为后人复现出崂山海市当时的迷人景致。此处承前而来，意谓蒲松龄虽亲临崂山，可惜只是“惟顾绛雪，偶咏海市”，与李白一样，也未能留下一篇专写崂泉的妙文，为胜景增辉。

[25]隐机：隐藏玄机。

[26]道学：始见于《隋书·经籍志》，指老子创立的有关道的学说。它包括哲学的道家、宗教学的道教以及属于人体生命科学范围的内丹学。中国古文献中凡较严肃的学术分类或艺文志书，皆以儒、道并举。《宋史》立“道学传”。胡孚琛著《道学通论》已首先为道学正名，同时又论证了道家、道教、内丹学三者的关系，并揭示了道学的基本内容。

[27]形上：即形而上。

[28]契同：神妙的契合。语出司空图《二十四诗品·

形容》："风云变态，花草精神。海之波澜，山之嶙峋。俱似大道，妙契同尘。"易：指《易经》。《易经》是按中国古典哲学道理，在尚无文字使用的历史上，先依阴阳对立统一之规律创造出阴阳爻，再按天道、地道、人道、时变编制出卦画，运用"象术"（不是"象数"）命称不同的六十四个卦名，以象征不同事物及变化规律。

［29］巫：本义是古代所称能以舞降神的人，中国古代医师也称"巫"，现有巫师、巫婆等意思，也有巫姓。古人认为，巫能够与鬼神相沟通，能调动鬼神之力为人消灾致福，如降神、预言、祈雨、医病等等，久而久之成为古代社会生活中一种不可缺少的职业。

［30］海澨：海滨。南朝梁江淹《杂体诗·效谢灵运〈游山〉》："且泛桂水潮，映月游海澨。"宋陆游《书叹》："伏枥天涯老，吞舟海澨横。"

［31］昆仑：参看《炎黄赋》注［4］。

［32］荆楚：特指湖北，湖北古代称为荆楚。包括荆门、荆州、宜昌等地区。荆楚部族兴起于楚，也称荆楚。楚人最早生活在黄河流域的中原地区，最初聚居地是河南新郑的祝融之墟，即有熊之墟（新郑上古时期又称"有熊"，"有熊"相传是黄帝的

国号），其始祖公认为祝融。远自商代时，北方中原人就以“荆楚”来称呼江汉地区的南方地区和南方部族，比如《诗经·商颂·殷武》所谓“维女荆楚，居国南乡”。但是，构成楚民族主体的，却并非江汉流域的土著，而是原居北方的祝融部落的一支（楚人奉祝融为始祖，祝融集团为炎黄联盟的重要组成部分），这支部族迁移到江汉流域，不断与周围的土著民族（九黎、三苗的后裔）相互融合，发展成为一支强盛的荆楚大族。荆楚部族在与北方商王朝的对峙中也吸收了先进的商文化，为自身发展创造了有利条件。

[33]希腊：位于欧洲东南部的巴尔干半岛南端，是西方文明的发源地。希腊早在旧石器时代就有人类居住。约公元前3000—前1400年，克里特岛出现米诺斯文化，并有了国家和文字。约公元前2000年—前1200年，伯罗奔尼撒半岛出现迈锡尼文化，创造了灿烂的文明。希腊人逐步向爱琴海的诸岛扩张，传说发生于小亚细亚地区的特洛伊战争就是希腊人发动的。此外，希腊人还建立过梯林斯、皮洛斯（旧译“派洛斯”）等小国。后来，多利亚人的入侵毁灭了迈锡尼文明。国家、文字和宏伟的宫殿都消失了，继之而来的是黑暗的

"荷马时代"，原始社会末期的社会组织和生活方式统治了希腊半岛、爱琴海诸岛以及小亚细亚。

[34]太玄至奥：汉扬雄撰，也称《扬子太玄经》，简称《太玄》《玄经》，古代汉族哲学著作。扬雄将源于老子之道的"玄"作为最高范畴，并在构筑宇宙生成图式、探索事物发展规律时，以玄为中心思想，对道家思想多有融摄和发展，是汉朝道家思想的继承和发展者。《四库全书》为避康熙皇帝玄烨之名讳，将《太玄经》改为《太元经》。

[35]基督：指基督教。世界三大宗教（基督教、佛教、伊斯兰教）之一。这是一种以新旧约全书为圣经，宣称人类有原罪，相信耶稣为神子并被钉十字架从而洗清人类原罪，拯救人类的一神论宗教。

[36]阴阳：阴阳五行学说是中国古代汉民族朴素的唯物论和自发的辩证法思想，它认为世界是物质的，物质世界是在阴阳二气作用的推动下孳生、发展和变化；并认为金、木、水、火、土五种最基本的物质是构成世界不可缺少的元素。化育：语本老子《道德经》："道生一，一生二，二生三，三生万物。万物负阴而抱阳，冲气以为和。"

[37]人伦：指封建社会礼教所规定的君臣、父子、夫妇、兄弟、朋友及各种尊卑长幼关系。见《管

子·八观》:“背人伦而禽兽行,十年而灭。”《孟子·滕文公上》:“人之有道也,饱食、煖衣、逸居而无教,则近于禽兽。圣人(舜)有忧之,使契为司徒,教以人伦:父子有亲,君臣有义,夫妇有别,长幼有叙,朋友有信。”《汉书·东方朔传》:“上不变天性,下不夺人伦。”宋周密《齐东野语·巴陵本末》:“人伦睦,则天道顺。”至性:多指天赋的卓绝的品性,如性情淳厚、刚正、至慈至孝等。

[38]上善若水:语出老子《道德经》。“上善”,指上德之人,即有着极高的道德境界的人。“若水”,因水性柔弱不争,且利万物,甘“处众人之所恶”,故老子常以水喻道。

[39]悟四时之定法:《庄子·知北游》:“天地有大美而不言,四时有明法而不议,万物有成理而不说。”

[40]成理:固定的规律。语本《庄子·知北游》:“万物有成理而不说。”《韩非子·大体》:“守成理,因自然。”

[41]天钧:亦作天均。语出《庄子·齐物论》:“是以圣人和之以是非而休乎天钧,是之谓两行。”成玄英疏:“天均者,自然均平之理也。”此处指自然

而又均衡的境界。

[42]徵：信。语出《庄子·逍遥游》“故夫知效一官，行比一乡，德合一君而徵一国者，其自视也，亦若此矣。”

[43]有司：古代设官分职，各有专司，故称有司。诸葛亮《出师表》：“若有作奸犯科及为忠善者，宜付有司论其刑赏。”此指主管某部门的官员。雅望：厚望。亦为敬词。清钱谦益《南京工部都水清吏司主事潘守正授承德郎制》：“勉副雅望，服此训辞。”

[44]九水十八潭：“九水”分别为：上善、抱一、大方、齐物、养生、坐忘、逍遥、安期、许由。“十八潭”分别为：至柔潭、居卑潭、未封潭、未始潭、无隅潭、无极潭、自取潭、俱化潭、中虚潭、有间潭、得鱼潭、得意潭、无己潭、不滞潭、餐霞潭、饮露潭、清心潭、洗耳潭。

[45]锦帆：锦制的船帆，亦指有锦制船帆的船。

[46]撷：摘、取之意。

评析：

在拙文开笔前，请允许我先用一回倒叙之法。

《崂泉铭》是范曾先生应山东省政府之约即兴而成的名篇。此前，范曾先生曾在崂山旅游管理局负责同志的陪同下，游览了位于崂山主峰北部、白沙河中上游地带的北九水名胜，对源自千米山峰的清泉汇流而成的十八个盘折回环的水潭，做了细致的考察，然后根据每一道泉流、每一泓潭水的方位、形状、特点以及与周围的环境关系，为崂山“九水十八潭”逐一命名，并亲笔书之，这便是此铭末段所点出的“本事”（所谓“有司雅望”）。范先生不仅是辞赋大家，更是享有盛誉的丹青巨手。为使名泉更形神逸灵动，富有文化内蕴，范先生又根据崂山的道家文化特色，妙绘“庄子梦蝶”“太白寻仙”“丘处机说法”“老子悟道”诸像，镌刻于山石之上，堪称绝艺为名山增重的一大佳话。至于此铭一出，镌于巨石，名泉高制，交相辉映。文苑载笔，自当大书深刻。

下面进入正文。

《崂泉铭》开首即从状写崂山的奇异景观入笔，气势流衍，雄奇苍郁；山奇，笔亦峭拔。细加寻绎，方悟此等笔墨，绝非妄下。因崂泉乃一篇之目，自古便是道家胜地，故作者就此着笔，分写、合写，虚写、实写，顺写、逆写，笔态轻举典丽，总不离“山、泉”二字。如是各得其美，尽显“泉得神助，山随泉活”之韵致风神。自“疑登瀛州……”始，则字字虚灵，神奇谲变，未可端倪。至如李白、蒲松龄与诸多与崂山有过胜缘的高人韵士，皆由作者信手拈举而出，所谓“忘著雄文”云云，看似闲笔，却无不以反衬崂山之美、崂泉之奇为指归；设若无如斯仙景，又何来“惟顾绛雪”？所谓“目迷而心醉”亦无着落。此等反衬笔法，虽系作者汲古所得，亦足见灵心四辟。但若至此便止，固亦极才人之能事，然亦不过常调耳。此铭之超妙处，更在于化用古文“断续”之法，作者忽而写山、忽而写泉，忽而太白、忽而松龄，是为“断”；而下文乃接之曰：“醴泉有铭，崂泉阙如”“良可惜也”，则上文之断处皆续矣，放而能收，开而后阖，直令人为胜景如斯而铭文阙如大兴嗟叹。如是运笔，振采欲飞，钝根人何从道着只字。伯子而后，断推此手矣。

逮至“且也吾国道学……”一节，用笔则又层层深入，转发正论：

> 且也吾国道学，殊重形上，契同于易；下接神话，非止于巫。东起海澨，西达昆仑，南极荆楚，深雄瑰伟，不惭希腊；太玄至奥，平视基督。阐阴阳之化育，扬自然之哲理，揭天地之大美，尊人伦之至性。惟吾崂泉，知所流变，泉沁物衍，上善若水。观绝壁泛绿，

悟四时之定法；待深峡红遍，知万物之成理。天钧诲人以道，此足徵矣。

精义铄金，天葩喷玉。此段宏论跳出了前贤的碑铭窠臼，高视阔步，生面别开，从我国思想文化史的角度立论，对道学的内在精义和价值做了卓越的阐发，语必生新，而意在独造，警练益复超拔，具见灵心浚发。这足以表明，同一胜境，浅者见浅，虽深而犹浅；深者见深，虽浅而犹深。心以为浅，无往而非浅；心以为深，无往而非深。此亦古人所谓“深人无浅语”也。至“惟吾”始，极赞“崂泉”的“上善”之德，极得尊题之法。夫崂泉者，浸濡万物，养育群形，荡涤腥秽，破坚折刚，注江海而不为功，配天地而无所为，浊复能清，激复能宁，周而复始，进退屈伸，故近于道也，发用盛大，此正范曾先生为“崂泉”作铭之要旨所在。设若其灵心非冲然至虚，一私不有，又焉能粹然至实，众理咸具？赋家之异于常人者在是，其胸襟、识力自有其所以异者在是。

若从“声”“气”方面寻绎，《崂泉铭》宫商谐畅，音韵铿然，绝无孤音病韵之弊，故极为美听，如：“松风伴涛，千山似碧笏归主；朝霞送晖，万壑推圣泉依宗。或一线玉悬，越涧穿峡；或百丈帘垂，敲崖击石”“崂山之泉，穷碧落而临无地，险岚云腾，幽谷烟笼，泉得神助，山随泉活，普天之下，未有如斯奇绝者”等，气息高古而典雅，情味醇厚而隽永，且以骈体出之，此亦“家法”使然也。当年张裕钊开示弟子马其昶道：“文之道至精。古之能者，义不苟立，词不苟措；陈义必取其最高而尤雅者；造言必深古，不使偏词杂乎凡近；其句调声响，必在在叶乎铿锵鼓舞之节。”张氏毕竟是曾（国藩）门高足、古文大家（范伯子曾向其“受古文义法”），此言极是。需要指出的是，范曾先生为文固不离“家法”，且与桐城派渊源甚深，却并无桐城古文雕琢求雅、载鸣载飞的积习。在创作中，作者不设范而自囿，不划界以自封，意得笔随，洋洋乎只写胸中之所感，沛沛然觉万汇自肺肝流出，这也正是《崂泉铭》独出冠时之所在。相信每一位读者都会从中感悟到那一脉绵延不绝的“精气”；那自出机杼的“激扬”“铺陈”与“赋比”，使得几成绝响的“铭体”再度焕发出炫目的异彩。记得刘声木在《桐城文学渊源考》中曾评范伯子文云：“其为文，创意造言皆绝奇，非凡俗所有，恢诡怪伟不可测量，自云谨守桐城义法。”这种“绝奇”“恢诡怪伟不可测量”的心性秉资，迹化于《崂泉铭》之中，遂使古文辞尽脱温柔敦厚的迂腐旧胎，而树奇绝灵异之刚健新骨。范曾先生尝谓自己的文章不坠家声，不肯列祖专美于前而足与并世诸公相颉颃，绝非汗漫斯言。

美哉崂泉！流峙千古，终有斯铭，不亦名泉之幸耶！

寿翁铭

沧海之西[1]，泰岳之南[2]，奇峰戟列[3]，悬瀑练飞。横空突兀[4]，有巨龟伏焉[5]。越亿万斯年[6]，化为坚石，方百里而高千仞[7]，从翠杳眇浩无际[8]，众芳缤纷叠相依，以气象之朴茂[9]，遂名之曰蒙山。饮露餐霞[10]，真人体道幽谷[11]；倚松驾鹤[12]，诸仙散花云端[13]。葳蕤偃仰[14]，孙子悟兵法修列[15]；参差幻变[16]，羲之识笔阵开张[17]。诸葛卧居[18]，知宁静而致远[19]；曾参慎独[20]，循大道以治平[21]。孔子应物斯感[22]，抚膺嗟赞[23]，岂徒然哉！

伫龟蒙而俯群峦[24]，瑞霭深处[25]，有大石岫耸[26]，隐然似遐龄之翁[27]。赖巨擘之斧斤[28]，须眉拂远[29]；欣旭日之初照，澈眸流辉[30]。歌以赞曰：周行不殆[31]，其本为真[32]；往还斯通，天地精神[33]；永年颐养[34]，麻披凡尘[35]；为道日损[36]，天钧长春[37]；举世清风，起于青蘋[38]；稽首再拜[39]，祈葆厥淳[40]。

注释：

［1］沧海：此指东海。三国魏曹操《步出夏门行》："东临碣石，以观沧海。"《初学记》卷六引晋张华《博物志》："东海之别有渤澥，故东海共称渤海，又通谓之沧海。"

［2］泰岳：即泰山，又称岱山、岱宗、岱岳、东岳等，在山东省泰安市，为五岳之首。

［3］戟：指我国独有的古代兵器，为戈和矛的合成体。它既有直刃又有横刃，呈"十"字或"卜"字形，具有钩、啄、刺、割等多种用途，其杀伤能力胜过戈和矛。此处形容崂山诸峰如戟一样地陈列。

［4］横空：横越天空。语本宋人陆游《醉中作》诗："却骑黄鹤横空去，今夕垂虹醉月明。"

［5］巨龟：指崂山像龟一样地伏在那里。

［6］越：超过。

［7］仞：古代长度单位。

［8］杳眇：亦作杳渺，悠远、渺茫貌。《文选·司马相如〈上林赋〉》："頫杳眇而无见，仰攀橑而扪天。"刘良注："杳眇，深邃貌。"

［9］朴茂：质朴厚重。蒙山：位于山东省沂蒙山区腹地，古称"东蒙""东山"，总面积1125平方公里，主峰

海拔1150米，为山东省第二高峰，素称“亚岱”，现为国家5A级旅游区。蒙山形成于中生代侏罗纪，地质属太古界泰山群。蒙山国家地质公园岩石以片麻岩为主，有花岗岩、砂岩，成土母质较为疏松。其环境质量很高，无污染情况。1999年经中国科学院生态研究中心监测，景区内空气中负离子含量每立方厘米854167个，居全国之首，为有史以来测得的最高值，蒙山被誉为“天然氧仓”“超洁净地区”。

[10]饮露餐霞：餐食日霞，吸饮沆瀣。指超尘脱俗的仙家生活。语本明单本《蕉帕记·幻形》：“翦雪披霜号九尾，餐霞吸露历千秋。”

[11]真人：体道得道悟道行道之人。体道：体悟大道与躬行正道。《韩非子·解老》：“夫能有其国保其身者，必且体道。”陈奇猷集释：“体亦履也。”

[12]倚松驾鹤：据汉刘向《列仙传·王子乔》载，王子乔从浮丘公学道，三十余年后，人见其乘白鹤驻缑氏山巅，数日而去。后因以“驾鹤”比喻得道成仙。南朝梁江淹《别赋》：“驾鹤上汉，骖鸾腾天。”

[13]诸仙：指天宫中之仙女。散花云端：指仙女应如来佛祖请散放天花，查禁妖孽，试阅世人之善恶，化除愚蒙之凡主。

[14]葳蕤：草木茂盛枝叶下垂貌。汉东方朔《七谏·初

放》："便娟之修竹兮，寄生乎江潭。上葳蕤而防露兮，下泠泠而来风。"唐张九龄《感遇》："兰叶春葳蕤，桂花秋皎洁。"偃仰：游乐、安居、休息，形容生活悠然自得。

[15]孙子：（约前545—前470），字长卿，齐国安乐人，春秋时期著名的政治家、军事家。兵法修列：孙子经吴国重臣伍员举荐，受到吴王重用，他曾率领吴国军队大败楚军，占领郢城，楚国几近覆亡。随着吴国霸业的大兴，夫差渐渐耽迷酒色，孙子深知事不可为，遂悄然归隐，息影深山，根据自己训练军队、指挥作战的经验，修订其著作《孙子兵法》。《孙子兵法》又称《孙武兵法》《吴孙子兵法》《孙子兵书》《孙武兵书》等，共13篇，计6000字左右，竹简出土在临沂。是中国现存最早的兵书，也是世界上最早的军事著作，被誉为"兵学圣典"。作为中国古代汉族军事文化遗产中的璀璨瑰宝，《孙子兵法》是汉族优秀传统文化的重要组成部分，其内容博大精深、思想精邃富赡、逻辑缜密严谨，是古代汉族军事思想精华的集中体现。《孙子兵法》诞生至今已有2500年历史，历代都有研究。李世民说"观诸兵书，无出孙武"。兵法是谋略，谋略不是小花招，而是大战略、大智慧。如今，《孙子兵法》已经走向世界，被翻译成多

种语言，成为国际间最著名的兵学典范之书，在世界军事史上具有重要的地位。

[16] 参差：长短、高低不齐的样子。语出《诗经·周南·关雎》："参差荇菜，左右流之。"

[17] 羲之：即王羲之，东晋著名书法家，素有书圣之称。字逸少，号澹斋，祖籍琅琊临沂（今属山东），后迁会稽（今浙江绍兴），晚年隐居剡县金庭，历任秘书郎、宁远将军、江州刺史。后为会稽内史，领右将军，人称"王右军""王会稽"。笔阵：此谓作书运笔如行阵。开张：指开放、显露。

[18] 诸葛：即诸葛亮（181—234），字孔明，号卧龙（也作伏龙），琅琊阳都（今山东临沂市沂南县）人，三国时期蜀汉丞相，杰出的政治家、军事家、散文家、书法家、发明家。在世时被封为武乡侯，死后追谥忠武侯，东晋政权因其军事才能特追封他为武兴王。其散文代表作有《出师表》《诫子书》等。曾发明木牛流马、孔明灯等，并改造连弩，叫作诸葛连弩，可一弩十矢俱发。于建兴十二年（234 年）在五丈原（今宝鸡岐山境内）逝世。刘禅追谥其为忠武侯，故后世常以武侯、诸葛武侯尊称之。诸葛亮一生"鞠躬尽瘁，死而后已"，是中国传统文化中忠臣与智者的代表人物。

［19］知宁静而致远：指平稳静谧心态，不为杂念所左右，静思反省，才能实现其远大目标。此语本于西汉初年刘安的《淮南子·主术训》，诸葛亮的《诫子书》也有引用。其原文为："人主之居也，如日月之明也。天下之所同侧目而视，侧耳而听，延颈举踵而望也。是故非澹泊（同淡泊）无以明德，非宁静无以致远，非宽大无以兼覆，非慈厚无以怀众，非平正无以制断。"按，此句意谓诸葛亮曾于蒙山卧居，于此乃悟宁静致远之理。

［20］曾参慎独：曾参，即曾子（前505—前435），春秋末期著名思想家、教育家。名参，字子舆，鲁国南武城（今属山东平邑）人。受其父曾点虐养。八儒之中的第三家颜氏之儒的传人，今之《论语》即出于颜氏之学。曾子16岁拜孔子为师，勤奋好学，颇得孔子真传。一生积极实践和推行以仁孝为核心的儒家主张，传播儒家思想。他的修齐治平的政治观，省身、慎独的修养观，以孝为本的孝道观影响中国两千多年，至今仍具有极其宝贵的社会意义和实用价值，是当今建立和谐社会、提高人们思想道德修养的宝贵资源。曾子曾参编《论语》、著《大学》、写《孝经》、著《曾子十篇》，后世尊奉为"宗圣"，是配享孔庙的"四配"之一。又，曾子是儒家正统思想的

正宗传人，他把孔子的思想和学问授给弟子，又和孔子的其他弟子及再传弟子将孔子的言行整理成《论语》，上承孔子之道，下开思孟学派，对孔子的思想一以贯之，在儒学发展史乃至中华文化史上占有重要的地位。慎独：意指严格控制自己的行为规范，而不依靠外在监督的一种修为境界。

[21]大道：正道；常理，指最高的治世原则，包括伦理纲常、自然法则等。亦指政治上的最高理想，放之四海而皆准的道理或真理。《礼记·礼运》："大道之行也，天下为公，选贤与能，讲信修睦。"治平：修齐治平之略语。

[22]孔子：（前551—前479），名丘，字仲尼，春秋时期鲁国陬邑（今山东曲阜）人；祖籍宋国夏邑（今河南商丘夏邑）。中国著名的大思想家、大教育家、政治家。孔子开创了私人讲学的风气，是儒家学派的创始人。曾带领部分弟子周游列国14年，晚年修订六经，即《诗》《书》《礼》《乐》《易》《春秋》。相传他有弟子三千，贤弟子七十二人。孔子去世后，其弟子及其再传弟子把孔子及其弟子的言行语录和思想记录下来，整理编成儒家经典《论语》。孔子在古代被尊奉为"天纵之圣""天之木铎"，是当时社会上的最博学者之一，被后世统治者尊为孔圣人、至

圣、至圣先师、万世师表。其儒家思想对中国和世界都有深远的影响，孔子被列为“世界十大文化名人”之首。应物：语出《庄子·知北游》：“其用心不劳，其应物无方”。《史记·太史公序》：“与时迁移，应物变化”。

[23]抚膺：抚摩或捶拍胸口。表示惋惜、哀叹、悲愤等。语本《列子·说符》：“昔人言有知不死之道者，燕君使人受之，不捷，而言者死……有齐子亦欲学其道，闻言者之死，乃抚膺而恨。”晋潘岳《哀永逝文》：“嫂侄兮慞惶，慈姑兮垂矜，闻鸣鸡兮戒朝，咸惊号兮抚膺。”嗟赞：《隋书·贺娄子幹传》：“公受命诛讨，应机荡涤，闻以嗟赞，不易可言。”按，此二语皆承上文而发。

[24]龟蒙：龟山、蒙山的合称。在山东新汶县东南一带，由西北向东南，长约八十余里。其西北一段名龟山，东南名蒙山。《诗·鲁颂·閟宫》“奄有龟蒙”即此。《论语·季氏》“昔者先王以为东蒙主”；《书·禹贡》“蒙、羽其艺”，皆指蒙山。后人以龟山当蒙山，蒙山为东蒙，龟山之名遂堙。主峰龟蒙山亦称龟母顶，在蒙阴县西南。

[25]瑞霭：吉祥之云气，亦以美称烟雾，类似于祥云。

[26]岫：山洞：“云无心以出岫，鸟倦飞而知还”。

[27]遐龄：即高龄，老年人高寿的敬语。语本《魏书·常景传》："以知命为遐龄。"

[28]巨擘：本义指大拇指，后喻在某一方面居于首位的杰出人物。语出《孟子·滕文公下》："于齐国之士，吾必以仲子为巨擘焉。"

[29]须：本义指两颊上的长须，后泛指胡须。拂：轻轻擦过。

[30]澈眸流辉：澈，原指水清澈见底，此指"寿翁"目光清澈明亮。

[31]周行不殆：语本《道德经》第二十五章："有物混成，先天地生。寂兮寥兮！独立不改，周行而不殆，可以为天下母。吾不知其名，字之曰'道'，强为之名曰'大'。大曰逝，逝曰远，远曰反。故道大，天大，地大，人亦大。域中有四大，而人居其一焉。人法地，地法天，天法道，道法自然。"按，周行指循环运动，指道无所不在。不殆：殆，同怠，止息之意。此句意谓道用循环往复，无所不在，永无止息。

[32]本、真：指事物本身所固有的根本属性。

[33]天地精神：语出《庄子·天下篇》："独与天地精神往来，而不敖倪于万物。不谴是非，以与世俗处。"

[34]颐养：保养、保护调养。语本李汝珍《镜花缘》："消闲静摄，颐养天和。"

[35]庥：有荫庇、庇护、福祐之意。凡尘：道教或神话故事中指人世间，也称尘世、红尘，相对于仙界而言。

[36]为道日损：语本老子《道德经》第四十八章："为学日益，为道日损，损之又损，以至于无为，无为而无不为。取天下常以无事，及其有事，不足以取天下。"按,损，减少之意。此句与"为学日益"相连接，意谓为学，知识欲望增加，虚伪诡诈、忧愁烦恼也随之而增加。为道，知识欲望减少，虚伪诡诈、忧愁烦恼也随之而减少。张松如先生指出："'为学者日益，为道者日损'，并不是老子的一种什么神秘的、蒙昧的反理性的主张，而是一定发展中的历史现象在观念形态上的客观反映。"(《老子校读》) "为学"与"为道"、"日益"与"日损"均闪烁着老子辩证思维的光辉。在此基础上，老子又提出"无为而无不为"这一极富智慧的命题。表面看来，"无为"似乎是一种后退的手段，其实是为了避开前进中所存在的矛盾和问题，从而占据主动，以达到"无不为"的最终目的。老子是历史上第一个将"无为"的思想发挥到哲学高度的哲学家。

[37]天钧：指道家倡导的一种自然而又均衡的境界。语出庄子《齐物论》："是以圣人和之以是非，而休乎

天钧，是之谓两行。”

[38]青蘋：水生植物，漂在水面。

[39]稽首：指古代汉族跪拜礼，为九拜中最隆重的一种。常为臣子拜见君父时所用。跪下并拱手至地，头也至地。

[40]祈：向神求福，如祈祷、祈福。葆：保持。厥：代词，其。淳：意为质朴敦厚。

评析：

2002 年秋，笔者曾随范曾先生作鲁东之游，大饫闻识，其中颇有历久弥新、不能去怀者。记得当时山东省委领导同志曾恳请范先生为提升崂山旅游区的文化品位、强化其品牌效应而多所擘画，范先生不负厚望，“欲将文采焕名山”，留下了不少至今仍为鲁人传颂不已的动人佳话。对此，因上文已叙及，兹不赘言。

且说山东省政府的邵副省长在一次为范先生接风洗尘的宴会上，极赞范先生为崂山文化景区所做出的卓越贡献，并频频向范先生敬酒，以示谢意。记得邵省长在这次宴会上，再次恳请范先生奋挥椽笔，为蒙山的“寿翁”作铭，俾使名胜增辉耀采；并于席间约定：以半年为期。范先生对于此类关乎公益的文化活动一向乐于支持，故欣然应允。

讵料午宴甫一结束，范先生便在回宾馆的车上动起笔来；还未到宾馆，这篇三百多字的铭文竟已杀青！原定的半年之期，结果仅用了不足半个小时，可谓“神速”！逮至今日，“兹事思量犹觉奇”，世间竟确有捷才如先生者。更令笔者惊佩的是，此铭虽系“急就”，却毫无仓促为文、率尔操觚之弊；浣诵之下，觉如春云浮空，卷舒起灭，纵其所如，无不可观。其立意之高，属对之工，隶事之切，藻采之富，允推大家。窃思范先生于觥筹交错间应约为文，断无腹稿在胸，然气之所充，蓄之所发，此铭自不能不出也。由是具徵名下无虚，岂侥幸邀誉哉？

于是笔者乃有慨焉。夫天地之大，品类之盛，无不可供骚人驱染烟墨也。然作者胸中必先具无住无沾、超然物外之致，而后方能与天地同流，造化共适。是故，范先生以生莲之笔，写灵奇之境，且援古贤而起兴生情，自得高趣。又，凡铭体多有序于前，此文一气写来，体格稍变。从章法上看，此铭前半部分以蒙山为骨，从容写来，且拈举出诸多具有道家色彩的意象，于法极密，其意亦悠悠不尽。盖“真人体道幽谷”，无多同调，惟“饮露餐霞”，选胜怡情，随处若有所得，不求人知，心会其趣耳。鹤者，本为仙禽，不与鸡鹜为伍，惟倚松长唳，清霄遐举，益显高致。此处虽着墨无多，已尽得蒙山全神。此等文字，皆极尽天性高蹈、纯任自然之致，真有一片化机之妙，宛如龙之一体，鳞鬣爪甲而已，而其中多少屈伸变化，未可测料，此其所以为神物也；至如蒙山，乃道教名山，亦不妨以此为喻。名山固为灵秀所钟，而铭笔亦灵奇百变，读之令人顿觉行云之在太虚，流水之无滞相，胸中尘氛为之一扫，呼吸都清。故历代高人韵士，置此胜景，安能不悟兵法之权变，安能不识笔阵之开张，又安能不夭怀淡逸，宁静致远？

若进一步做义理上的推求，上叙涉笔成趣的“闲墨”，看似疏宕，却紧着题，为名山造境，浑融而不着迹，此正写景之正眼法藏；至若以衬笔作转笔，为下文伏脉，亦极尽文心之妙，谁谓才大者不受羁勒哉？

末段直扣“寿翁”着墨，进入正题。“赖巨擘之斧斤，须眉拂远；欣旭日之初照，澈眸流辉”两句，以骈体出之，状写“寿翁”，极得风神。自此，此铭便以一“寿”字为骨，引发宏议，“永年颐养”一语暗含曹孟德盈缩养怡之神理在内，妙在并不称引求全，以着迹相。至如“周行不殆”以下诸语，发议尤得其正，不啻格言谠论，足启灵根。盖作者必以参透天地运化之功、万物盛衰之理而寄其遐思。茗味斯铭，益觉警策，又岂能不以逆天悖道为慨焉？且也天地之道，深以远，妙以微，识之者寡，行之者稀。举世梦梦，莫葆其真。任物欲之交蔽，遂光华之渐沦；智府未开，久蒙障于浊秽；灵台不扫，都汩没于俗尘。身日饰而德日消，知逾多而迷益深，必也含醇抱朴，依道而行，方可得其“天钧”而永葆“长春”。作者深得大《易》修省之道，真不失为“震亨”之君子也。矧乎天地本有自然之运，“庥披凡尘”，固非有心戕物也。而世人终日营营务得，以图一时之荣，其神动精摇，自速其老，岂不悲乎！必也恪遵周行，顺乎“天地精神”，方可“永年颐养”，不为虚而虚自起，不为静而静自生，不凝神而神自定，不冲气而气自和，众美萌生，百善骈臻。此虽曰天幸，岂非人事哉？作者具此识解，发论自迥异恒流；出以铭词，则简括隽逸，且文澜风发，举笔有神，名言络绎，一若编珠缀玉，生出无穷胜义：天道不爽，其在是乎？笔墨到此，能不令人憬然而悟，矍然起敬！故此铭虽博约温润，却殊非寻常文字，宜乎直书以为座右铭也。

八大山人记

明季宦竖为虐[1]，国祚已尽[2]。清兵入关，足历王庭。哀旧日之王孙，委幽石之穷尘[3]，其中明义理而恃大节者[4]，八大是其人焉。正所谓抑志而弭节，神高驰之邈邈[5]；去国而怀乡，叹彼黍之离离[6]。乃放下繁华，遁入空门[7]；坐定般若[8]，神驰无极。浮游十丈红尘[9]，唯著一袭袈裟[10]。悲怀一往，非止孤愤[11]。片叶素莲[12]，辞淤泥以清逸[13]；大石寂禽[14]，思杳冥而凝虑。苟简略类于禅偈[15]，跌宕确来乎顿悟[16]。伟哉八大之创获！溯古以还[17]，一人而已。吁噫，八大之生也奇谲[18]，太祖苗裔[19]，树法幢于介冈[20]；其殁也偃蹇[21]，宁献嫡孙[22]，乏禾粒于仓储[23]。然则天籁爽发[24]，直抵万物灵府[25]；广大同情，遥接三千世界[26]。无垢之笔墨[27]，盖源乎香光[28]；而淳朴之气韵[29]，上承乎倪迂[30]。五百年而王者兴者[31]，斯数人，即其所指也。

千古文章，有司马而后昌[32]；积代画坛，自八大以拔俗[33]。方之寰宇[34]，西土唯弥盖朗基罗[35]，其庶几也欤[36]。瞬然一纸[37]，计白当黑[38]，何境界之旷远；纵横数笔，如锥划沙[39]，达形神之妙谛[40]。以五经尊严为熔炉[41]，与天地精神相往还[42]，共六道众生享平等[43]，此八大哲思之大要也[44]；诗文隐蔚[45]，书翰真醇[46]，无雕琢之迹[47]，鄙曼辞之饰[48]，此八大神貌之高致也[49]。雪皓霜洁，兀然独立[50]，气指山河，迹空今古[51]，八大山人所以奔逸绝域[52]，舍中国形上之学其可乎？[53]

致鹿村遗札[54]，谓呼吸之未止[55]；瘗广度神庵[56]，证精神之永恒。炷香再拜[57]，曷胜景仰之情[58]；陟彼山冈[59]，共励登临之志[60]。立石以祷[61]，万古垂祼[62]。

注释：

[1]宦竖：对宦官的鄙称。语出司马迁《报任安书》："夫中材之人，事有关于宦竖，莫不伤气，而况于慷慨之士乎！"按，宦竖在古代指在宫廷内侍奉皇帝及其家族官员的被阉割后失去性能力之人。宦官本为内廷官，不能干预朝政，但其上层分子为皇帝最亲近的奴才，故每窃取权力，作威作福。东汉、唐、明代，皆发生过宦官专权的事实。为虐：虐，残暴、侵害。语本《书·洪范》："无虐茕独。"此指宦竖魏忠贤，此人职掌东厂，欲尽杀异己，大行罗织，群小求媚，朝廷朽烂，国事日隳。

[2]国祚：即指皇位、国统。语见《史记·秦楚之际月表》："拨乱诛暴，平定海内，卒践帝祚，成于汉家。"

[3]"委幽石"句：此句意谓昔日锦衣玉食、嬉游上苑的王孙，如今都流落凡尘，处境困窘。

[4]义理：适于理之道也。《成贤论众法品》："佛法皆有义理，外道法无义理。"

[5]"抑志"句：作者在此化用屈原《离骚》句，借喻八大山人的精神意向。弭节，缓慢行车。此二句意谓"且按抑住壮志，拉住辔头徐行，超迈的精神在浩渺

的清虚中驰骋”。

[6]“去国”句：此用《诗经·王风·彼黍》：“彼黍离离，彼稷之苗，行迈靡靡，中心摇摇。”此诗之序谓西周亡后，周大夫过故宗庙宫室，尽为禾黍，彷徨不忍去，乃作此诗。后以此作为感慨亡国触景生情之辞。曹植《情诗》：“游子叹黍离，处者悲式微。”

[7]空门：为破常有之见，我空、法空、有为空、无为空等空相之法门。《智度论·十八》：“空门者，生空法空。”又，四门之一，第一为有门，第二为空门，第三为亦有亦空门，第四为非有非空门。又，为佛教之总名，以佛教主以空法为涅槃之门故也。

[8]般若：全称“般若波罗蜜多”。佛教名词，六度之一。在汉语中似无对应之辞，一般译为“智慧”，但不是一般意义上的智慧，而是谓通过禅修达至涅槃之彼岸的“智慧”。《大智度论》卷一百云：“般若波罗蜜是诸佛母。诸佛以法为师，法者即是般若波罗蜜。”

[9]红尘：形容繁华闹市。徐陵《洛阳道》：“绿柳三春暗，红尘百戏多。”

[10]袈裟：即僧服。

[11]孤愤：耿直孤行，愤世嫉俗。韩非子有《孤愤》篇，司马迁《报任安书》云：“韩非囚秦，说难孤愤。”《史记·韩非传·索隐》：“孤愤，愤孤直不容

于时也。”陆机《辨亡论·上》：“虽忠臣孤愤，烈士死节，将奚救哉?”

[12]素莲：白色之莲花。按，天竺（即印度）有四种莲花，一优钵罗华，二拘物头华，三波头摩华，四芬陀利华，如其次第青、黄、赤、白之四色。通常称为莲花者，指芬陀利之白莲花。故称“素莲”。又，弥陀之净土，以莲花为所居，因此指净土为莲。按，“片叶素莲”为八大山人绘画中常见的意象，我们不妨将其视作与八大山人心境相契合的客观对应物。

[13]清逸：清新旷逸。

[14]大石寂禽：亦为经常出现在八大山人笔下的意象，透发出一种冷逸、清空的韵致。

[15]“苟简”句：苟，草率，此处有率意、自在之意。苟简，苟且简略。语本《汉书·董仲舒传》：“其心欲尽灭先王之道，而颛（专）为自恣苟简之治。”禅偈，偈，定字数结四句。不论三言四言乃至多方言，必须四句。偈亦译作颂，以隽简美辞而颂之者，故曰颂。又，偈，亦训为竭，有摄尽其义之意。——此句意谓八大山人的绘画风格苟简之极，如同禅门悟言不繁的偈辞。

[16]跌宕：放纵不拘，亦可作“倜傥”解。语本《后汉书·孔融传》：“又前与白衣祢衡，跌荡放言。”顿

悟：佛教名词。指修行者通过禅静，思想产生大跨度的飞跃与联想，大脑会在没有外界条件触发的情况下，突如其来地闪现过从所未有的念头，一刹那间出现令人陶醉的顿悟。八大山人在《行书扇面·昭阳大梁之十月书以曾老社兄正》中曾经描绘过：由“会心处，欣然独笑”，到“脱去形迹”，直至出现“悠然神远”的禅境的体认过程——这一过程实即个人本体意识的升华，人的感觉超越了具体的物象，驰骋在无边无际的精神莽原上，万念皆空，万象皆明，从而悟到平时难以感受到的某种妙境。

[17] 溯古以还：溯，逆流而上。《水经注·江水》：“沿溯阻绝。”引申为追根寻源。

[18] 奇谲：谲，怪异、变化多端。《史记·司马相如传》：“奇物谲诡，俶傥穷变。”

[19] 太祖苗裔：太祖，即明太祖朱元璋。苗裔，即后代。

[20] 幢：以种种杂彩标帜庄严，分为经幢与石幢，在长筒圆形绸丝上写经叫经幢，刻经于石柱上叫石幢。法幢，妙法高耸，如幢之上出，故曰法幢。又如猛将之建幢旗以譬佛菩萨之说法，能仗魔军而得胜。《无量寿经上》曰：“建法幢，震法雷。”介冈：位于进贤县境内，八大山人 23 岁时，在此剃发为僧，自号雪个，僧名传綮。

[21]其歿也偃蹇：歿，死。偃蹇，困顿。《聊斋志异·于去恶》：“君命偃蹇，生非其时。”

[22]宁献：指宁献王，即朱权，明太祖朱元璋的第十七子，为八大山人的九世祖。嫡孙：宗法社会中称正妻为嫡。正妻所生子女叫嫡生，指最亲近的血统关系，如嫡子、嫡孙。后引申为正宗之意，如嫡传、嫡派等。

[23]乏禾粒于仓储：八大山人晚年潦落，生计维艰，常至“缸无宿粟”之境。参看本篇注［55］。

[24]天籁：自然界之声响，如流泉、鸟啼等。《庄子·齐物论》：“女（汝）闻人籁而未闻地籁，女闻地籁而未闻天籁夫?”后亦称诗、书、画创作不事雕琢而得自然之趣者为“天籁”。爽：清朗开豁之意。《滕王阁序》：“爽籁发而清风生，纤歌凝而白云遏。”

[25]灵府：古代指心（思维器官）。《庄子·德充符》：“不可入于灵府。”成玄英疏：“灵府者，精神之宅也，所谓心也。”陆游《月下诗》：“诗成独高咏，灵府炯澄澈。”

[26]三千世界：即三千大千世界之省称。据《智度论》《佛地论》云：以须弥山为中心，七山八海交互绕之，更以铁围山为外郭，是曰一小世界，合此小千世界一千为小千世界，合此小千世界一千为中千世界，

合此中千世界一千为大千世界。大千世界之上有三千者，示此大千世界，成自小千中千大千三种之千也。内容即一大千世界。以此一大千世界为一佛之化境。

[27]垢：指粘在物体上的肮脏东西。

[28]香光：即董其昌（1555—1636），明代书画家。字玄宰，号思白、香光居士，华亭（今上海市松江县）人。官南京礼部尚书，谥文敏。书法从颜真卿入手，后学虞世南，又转学锺繇、王羲之，并参以李邕、徐浩、杨凝式等笔意，自谓于率易中得秀色，其分行布白，疏宕秀逸，亦具特色，对明末清初书坛影响甚大。董氏亦擅山水画，师法董源、巨然及黄公望、倪瓒，不重写实，讲究笔致墨韵，书格清润明秀为其特色。画论则标榜“士气”，将古代山水画家与佛教宗派相比拟，划分为“南北宗”，并推崇“南宗”为文人画正脉，形成崇“南”而抑“北”的偏见。著有《容台集》《容台别集》《画禅室随笔》《画旨》《画眼》等。

[29]气韵：在先秦、两汉哲学中，“气”是一个常用的概念，它主要的语义指向是宇宙的原始形态和基本构成。迨至两汉以及南北朝时期，有关“气”（或曰“元气”）是自然万物生成、变化之根本的论述，几乎成为一种共识。人为自然的产物，因此“气”（或

曰“元气”）亦为人之生命存在的根基。所谓“韵”，原本是音乐术语。刘勰《文心雕龙·声律》云：“同声相应谓之韵”，所谓“应”，在此当指声音之延续。最初用“气”来统驭“韵”并将二词连用的，当推萧子显；自此，“韵”字超脱了旧文论中“音韵”或“意味”的词义局限，与“气”联属在一起，成为一个全新文艺批评术语，后来遂被应用于人物品藻，借以表达一种和每一人物特有的才情、智慧、风度直接相联，可意会而难于言传之美”；自此，以“气韵”为尚，遂为魏晋之际文人们的一致追求。但真正将“气”“韵”引入绘画批评领域的，当推谢赫。不过，谢赫基本上是将“气”“韵”分别使用的。在北魏时期，也偶有“气韵”连用者，如《郑道忠墓志铭》云：“君气韵恬和，姿望温雅”，但在更多情况下，“气”“韵”还是分开使用的。纵观谢赫的《画品》，“韵”字凡五见，除序中一处外，尚有“神韵气力”（评顾骏之）；“体韵遒举”（评陆绥）；“力遒韵雅”（评毛惠远）；“情韵连绵”（评戴逵）。以故，钱钟书先生指出：“谈艺之拈‘神韵’，实自赫始；品画言神韵，盖远在说诗之先。”（《管锥编》第四册，1353 页）从总体上看，所谓“气韵”实际上包含着两方面的涵义：一指具体文本对客体的内在精神的表现，一指创作主体的“内宇宙”，亦即创作主体自身的人格、精神、风神。而后者最终要通过前者来体现。对于一个画家来说，他在“模写物态，曲尽其妙”的同时，又岂能不贯注其生命的灵气与悟力于其中而使其生气流溢呢？以“生命本身”去体悟“道”，这种主体定向，使得体道者从宇宙之大到草木之微以及人的举手投足之间，皆看到了作为本体存在的“道”的灵性与神韵——这是一种特殊的民族思维方式，“道—艺”互逆结构的本体论，是一种“全息性”的艺术感受方式。又，若从训诂学的角度考量，“韵”字不仅具有名词特征，而且还有形容词、动词性质。此处的“韵”便不能以名词论之。其实，在中古，所谓“韵”“均”“调”“度”在动词和名词意义上是可以互训互释的，亦即它们皆具对于“气”“音”“声”“风”等物象予以描述与限定的补语特征。由于“韵”字本身的动词及形容词特征，它一旦与名词合成，往往会使被修饰者具有“清和”“调畅”“舒怀”的功能——总之，谢赫《画品》中对“韵”的使用频率之高，早已超迈前人；正是由于谢赫本人对此词的内涵所做的丰富拓展，“韵”终于在历时性的流播中成为中国古代画论乃至文论、诗论中的一个重要的批评术语。

[30]倪迂：即倪瓒（1306—1347），元代画家。字元镇，号云林子、幻霞子、荆蛮民等，无锡人。雄于资财，喜与名士往来。筑云林堂"清（门心）阁"收藏图书文玩，并为吟咏作画之所。初奉禅宗佛教，后入"全真教"。元末，卖出田宅，疏散家财，浪迹太湖、泖湖一带，寄居田庄佛寺，人咸以为怪，故有"倪迂"之称。擅水墨山水，画宗董源，参以荆浩、关仝之法，创"折带皴"写山石；画树木则兼师李成。亦工书法，师法"黄素黄庭"。画风简中寓繁，似嫩实苍，意境萧疏，自谓"逸笔草草，不求形似""聊写胸中逸气"，其借物写心、以禅入画和注重灵性的创作思想，对明、清文人水墨山水画颇有影响。后人将倪瓒与黄公望、吴镇、王蒙合称为"元四家"。存世画迹有《雨后空林》《江岸望山》《渔庄秋霁》《梧竹秀石》等，诗文有《清闷阁集》。

[31]五百年而王者兴者：语本《太史公自序》："太史公曰：'先人有言：自周公卒五百岁而有孔子，孔子卒后至于今五百岁，有能绍明世，正《易传》，继《春秋》，本《诗》《书》《礼》《乐》之际？意在斯乎，意在斯乎！小子何敢让焉。'"意谓自周公死后五百年而有孔子，孔子死后到现在已有五百年，有能够继承清明之世，订正《易传》，接续《春秋》，不失

《书》《礼》《乐》之本的人吗？其用意就在于此吧！小子我怎敢推辞呢？

[32]司马：指司马相如、司马迁，分别著有《上林赋》《子虚赋》和《史记》，故有“汉代文章两司马”之说。

[33]“积代”句：积代，累代、世代。拔俗，超越流俗。此句乃范曾先生对八大山人所做出的至高评价，诚如范曾先生本人所言，八大山人的画，简约至于极致，那是真正的妙悟不在多言，真正的至人无为，大圣不作。八大山人的画渐渐趋近他语言符号的本身，或者换言之，八大山人的画就是一种符号性的空前伟岸的语言。所谓“士气”的符号，便是简捷清醇、精微广大、高明中庸，扫净一切的繁文缛节、一切的矫揉造作、一切的事功媚俗，那么“士气”的博大、空明、雄浑、典雅便呈现在你的面前。这是八大山人艺术的符号意义，也是中国画的终极追求。

[34]方：比拟、比方。寰宇：广大的地域，犹言寰球、寰海。

[35]弥盖朗基罗：今译米开朗琪罗。意大利文艺复兴兴盛期的雕塑家、画家、建筑师和诗人，生于1475年，卒于1564年。其艺术创作在人文主义的支配下，又深受萨伏那罗拉宗教改革运动的影响，以现实主义方

法和浪漫主义的幻想，表现当时市民阶层的爱国主义和为自由而斗争的精神面貌。在艺术上具有强劲的力度与雄伟的气魄。中年所作《大卫》雕像，被公认为是为正义事业而奋斗的力量象征。其代表作《创世纪》、《晨》、《暮》、《昼》、《夜》、《摩西》、《奴隶》（雕塑）、《最后的审判》（壁画），具有冷静沉郁的悲剧性质，反映出当时意大利人民失去自由和独立的精神状态。

[36]庶几：犹言也许、差不多。

[37]皭然：洁白之状。司马迁《史记·屈原列传》："皭然泥而不滓者也。"

[38]计白当黑：此为我国传统绘画布局中"以无计有"的一种重要创作方法。其哲学渊源来自于老子《道德经》中的"知其白，守其黑""有无相生"。以论绘画，疏至极处为白，密至极则为黑，"计白当黑"，谓画面空白处不可不计。按，中国画传统讲究"意在笔先，画尽意在""虚中有实，实中有虚""疏可走马，密不容针""虚实相生，无画之处成妙境"，以"气韵生动"为最高标准。从艺术特征上看，中国绘画注重象征写意，强调以想象真实代替感觉真实，擅长以抽象线条、节奏表现物象，具有高度抽象性、概括性，讲究风貌神韵，离形得似。进而言之，中国绘

画并不强调对事物的细部刻画，而是通过对表现对象的重要特征的勾勒，启导观者根据自己的体验与知识，对画面所呈现的意境加以直观领悟，并以主体的模糊综合能力来把握、填充被简化、压缩的部分。总之，“计白当黑”是使三维二维化，无限有限化，时间空间化……它不是被动地追求繁多的“一”并失落于纷纭的“万”，而是能动地把握特定的“一”以统驭纷纭的“万”，此即石涛所谓“此一画收尽鸿蒙之外。亿万万笔墨莫不始于此而终于此”。

[39]如锥划沙：语出王羲之“运锥画田”。褚遂良后来解释道：“如锥画沙，使其藏锋，出乃沉著。”近代书法大家沈尹默亦解释道：“如锥画沙……是说明下笔用力，能力透纸背，才算功夫到家。”(《书法论丛》)

[40]形神：指外部形式与内在神韵。妙谛：佛家语。妙，梵语曰曼乳，即不可思议之义。《法华玄义》曰：“妙者，褒美不可思议之法也。”《法华游意》：“妙是精微深远之称。”《大日经疏》：“妙，名更无等比，更无过上义。”谛，佛家术语。指真实不虚之义，言真实之道理不虚妄。《义林章二》：“谛者实义，有如实有，无如实无。有无不虚，名之为谛。”又曰：“事如实事，理如实理，事理不谬，名之为谛。”

[41] 五经：指《诗》《书》《礼》《易》《春秋》。

[42] 与天地精神相往还：语出《庄子》。范曾先生化用此语，极赞八大山人的人格境界，所谓“往还”，即人向宇宙大化的回归，是世俗的人生向宇宙大生命的升华，是有限的个体与无限的宇宙的统一。作为“独往独来”的“至贵”之人，八大山人虚静恬淡寂寞无为，他已然觉悟到宇宙生命的自然规律，故自觉地以自然的态度对待生命。

[43] 共六道众生享平等：六道众生，六道，佛教名词。佛教认为众生根据生前善恶行为有五种轮回转生的趋向，即地狱、饿鬼、畜生、人、天（三界诸天），又，摩诃衍（大乘）中《法华经》说六趣众生，观诸义旨，似应有六道。

[44] 大要：要，纲要、总要。韩愈《进学解》：“记事者必提其要，纂言者必钩其玄。”

[45] 隐蔚：语出刘勰《文心雕龙·隐秀第十四》：“深文隐秀，余味曲包。”隐，含蓄。蔚，文彩丰富。《易·革卦》：“君子豹变，其文蔚也。”《列女传·贤明》称陶答子妻说南山有文豹，雾雨七日而不下，欲以泽其毛而成文章，即隐蔚所本。

[46] 书翰：泛指文墨、文札，后多指书信。《陈书·后主沈皇后传》：“聪敏强记，涉猎经史，工书翰。”

[47] 无雕琢之迹：即八大山人一贯强调的作画要“浑无斧凿痕”（《传綮写生册·题奇石诗》），清代华琳《南宋抉秘》云：“画到无痕时候，直似纸上自然应有此画，直似纸上自然生出此画。试观断壁颓垣剥蚀之纹，绝似笔而出入往来之迹，便是墙壁上应长出者。画到斧凿之痕俱灭，亦如是尔。”清代盛大士在《溪山卧游录》中亦云：“使笔无痕，用墨精彩，布局变化。”

[48] 鄙：鄙视。曼辞：华美的词藻。司马迁《报任安书》：“曼辞以自饰。”

[49] 高致：致，情趣、韵致。

[50] 兀然：高耸特出之状。

[51] 迹空：迹，指八大山人遗留下来的艺术瑰宝，如诗、文、书、画等。语本《孟子·离娄下》：“王者之迹熄而诗亡。”《庄子·天运》：“夫六经，先王之陈迹也。”此句意谓八大山人所流传下来的珍贵墨迹足以超迈前贤，下启来者。

[52] 奔逸绝域：绝域，极远之地。《后汉书·班超传》：“愿从谷吉，效命绝域。”

[53] 形上之学：《易·系辞上》：“形而上者谓之道，形而下者谓之器。”形而上，指无形质或未形成形质的，如思想、理论、观念等；形而下，指有形质的，如天

地、植物、器具等。

[54]鹿村：即方士琯。据《歙县志》卷十《人物·诗林》载："方士琯，字西城，号鹿村，安徽歙县人，生于顺治七年（1650 年），卒于康熙四十九年（1710 年）。"又据清初著名文学家魏禧为《鹿村先生诗集》所作之序及《赠别方西城叙》可知："西城（方士琯），处鱼盐市，翛然自修洁，有山林之气，又乐交文章学问士，不侵然诺于朋友；其遇余厚非偶然也。"遗札：八大与鹿村交往甚密，直至垂暮之年仍保持着极密切的关系，且都与售画有关，这从八大致方士琯的 26 札通信中历历可见。可以断言，八大之所以能够名满天下，并对后来崛起的"扬州画派"产生重要影响，肯定与鹿村将其书画转售于江南经济重镇扬州等地有极大关系。

[55]谓呼吸之未止：八大老境凄凉，79 岁时，因年迈手疾，不能作画，故在致鹿村的手札中写道："双手少苏，厨中便尔乏粒，知已处转掇得二金否？前着重侄奉谒，可道及此。究之参苓、白术，日用仅止此耶？凡夫只知死之易，而未知生之难也，言之可为於邑！"贫病潦倒一至于此，故曰："谓呼吸之未止"。

[56]瘗：埋葬。广度神庵：在南昌，八大山人去后，即埋骨于此。

[57] 炷香：点火燃烧、燃香。周密《乾淳岁时记·元正》："（上）先诣福宁殿龙墀及圣堂炷香。"

[58] 曷胜景仰之情：曷，何。景仰，景慕、仰望，语出《诗·小雅·车辖》："高山仰止，景行行止，虽不能至，心向往之。"

[59] 陟彼山冈：陟，升、登。《诗·周南·卷耳》："陟彼高冈，我马玄黄。"

[60] 共励登临之志：励，激励。登临之志，语本《汉书·艺文志》："登高能赋，可以为大夫。"

[61] 祷：祈祷、祷告。

[62] 禩："祀"的异体字，祭祀之意。

评析：

从文体上看，此文颇似“披文以相质”的碑记。碑以叙德，原本诗颂。所谓“记”者，所以纪其人、其事，俾使千载后陵谷变迁，而后人有所闻知也。故知其人若无殊才异德者，则不足为“记”，更不足为“铭”。“记”之为体，其要在辞不溢美，文质相符。此即刘勰《文心雕龙》所谓“其序事也该而要，其缀采也雅而泽”者也。此乃记之体要，读者宜乎体其用心。

此文一开首，作者便将我们领入“历史话语”的系统中，他首叙八大山人的生存环境、出身、家风（自宁献王始，远离政治，成一文苑世家）；次叙其人生际遇，烛幽洞隐地触探着八大山人其人其艺形成的背景性、心理性因素；然后由“境”入事，历历写来，前后次序如线穿珠。“邈邈”与“离离”，对仗精工，开合生姿。“放下”二字，极言八大历经由钟鸣鼎食的皇裔贵胄一变而为闾里庶民的那种巨大的落差后所毅然做出的“遁入空门”的重大人生决断，其妙处在于“放下”二字，其意非仅止于人生层面，亦关乎其笔墨何以皭然不滓、清绝高华；其“妙悟者不在多言”的冷逸画风亦与此大有干系。作者在另一篇谈论八大的文章中亦曾揭橥此旨：“八大山人之‘逃禅’，不是为摆脱世网而逃遁入禅；正相反，是他在解脱我执、法执之后心灵上对禅的逃逸；这种逃逸，便是真正的‘无心’。倘若评八大山人画‘冷逸’二字的‘逸’，用如此解释，则可称与八大山人会意矣。”又云：八大“为何晚年之作越发苟简而清纯，那是他‘损之又损，至于无为’的终极追逐，这里佛家的‘诸法空相’和道家的‘无为’合而为一，略无间隔”。似此纯以慧智一气运旋、舍弃表层肤象而直逼本源的掣胜之论，正可与“坐定般若，神驰无极。浮游十丈红尘，唯著一袭袈裟。悲怀一往，非止孤愤。片叶素莲，辞淤泥以清逸；大石寂禽，思杳冥而凝虑。苟简略类于禅偈，跌宕确来乎顿悟”诸语相参印，由是方悟厥旨。

“溯古以还，一人而已”，接下来的八字，作者以史笔出之，立论警切，质具千钧，洵为一篇主脑；作者围绕于此而贯说之，却翻出无数议论波澜，且皆为警醒庸目俗耳之语。

“无垢之笔墨，盖源乎香光；而淳朴之气韵，上承乎倪迂”，此又掇皮见真之妙论。从八大山人的绘画看，一开始便具有一种力图以表现对象的本质特征与整体规律为目的的倾向，而这种“本质”与“规律”从根本上说，未尝不可归结到“气”——因“人秉元气于天”（王充《论衡·无形》），人的身体、精神、智慧以及生命活力，实际上就是“气”的一种外化形式。而对于八大山人来说，他在创作中所体现出的意蕴风神，也正是“气”的运化反映。当然，作为美学范畴中的“气”，往往并非指向宇宙之本体，它主要是指艺术创造主体的“内宇宙”，再具体一点说，是指盈溢于八大作品中的那种生命元气；而这，正是艺术创造主体将自身的“气”灌注于表现对象，并对表现对象的“气”予以生动把握与成功表现的结晶。——范曾先生此处“淳朴之气韵”的“气”，殆指此也。至于“韵”，则是从这种“生气灌注”的生命整体中透发出的美感。从二者的关系上说，“气”为“韵”之本体，“韵”为“气”之外化表现。辨明“气韵”这一概念的内涵后，“淳朴”二字的原义也就较易解会。所谓“淳朴”，是“气”的运动变化的外现形式；或者说，是“气韵”的生发效果；在范曾先生看来，八大山人的画作“气韵”既已高矣，则“淳朴不得不至”。就绘画创作而言，创作主体的审美直觉化与有形物象的动态特征只有相互默契，并最终在感觉复合的意象结构中隐喻出“物象”“神韵”的交合特征，方能“妙得”，并有神品出焉。总之，所谓“淳朴之气韵”，体现了中国绘画艺术传统立足把握生命本质的最高要求，它实际上是对双重艺术表现力的执著——既尽形内之精蕴，复尽题外之远致。由此一悟解出发，我们才能深入认识他所谓“淳朴之气韵”背后深厚的传统内蕴，也才能够真正理解他为何会拈举西方的弥盖朗基罗与八大相比列，并发出“五百年而王者兴”的由衷赞叹。

在范曾先生辞意双胜的画跋中，对八大山人的这种私衷大爱随处可见——

> 十翼平生所服膺之画家，古今二三子耳，八大山人称最。
>
> 岁在戊寅十翼与异代知音朱耷邂逅，恨不早生三百年于青云谱逢。
>
> 五百年必有王者兴，八大是其人焉，十翼从之矣。
>
> 白阳山人、青藤之后，奇峰峻耸，唯斯一人。

服膺若斯，倾慕如此！作者身为国学大师、丹青巨手，其精到的文化知解力、犀锐的历史穿透力以及纯个人化的神秘天赋，赅然自具，故能与八大心通神接。

接下来的“积代画坛，自八大以拔俗”一语，乃系在与八大心通神接的基础上，对其在中国绘画史上的巨大贡献进行下断，妙在此种卓论，无不紧扣“奇峰峻耸”的八大那种卓荦不群的气质和清峻绝俗的笔墨以及由此两者的融合、生发而创造出的不朽符号。倘非参透禅机，窥破道旨，无尘氛半点之扰，有高出一世之情，安能奔逸绝尘，卓立于千载之后。由此一悟解出发，作者进一步发论道：八大“以五经尊严为熔炉，与天地精神相往还，共六道众生享平等，此八大哲思之大要也；诗文隐蔚，书翰真醇，无雕琢之迹，鄙曼辞之饰，此八大神貌之高致也。雪皓霜洁，兀然独立，气指山河，迹空今古，八大山人所以奔逸绝域，舍中国形上之学其可乎?”

此论一发，真如老吏断狱，一字不可移易。盖作者胸中实有卓见达识，故能以至理出以高文。所谓蕴积于内而浚发于外者也，精言谠论，真如蒲牢之鲸铿，禅人所谓“震耳作三日聋”也。

末段炼响凝晖，读之不能不击节三叹而三致意焉。“证精神之永恒”一语，既是万泉归海的总括语，又与前文遥相呼应；似此“溯古以还，一人而已”之旷世奇才，其必有“不依形而立，不待力而行，不待生而存，不随死而亡”者在，殆无疑义。接下来的“陟彼山冈，共励登临之志”，紧承上句，自抒怀抱。须当措意的是，此处的“山冈”，当指“介冈”，位于进贤县境内，八大山人23岁时，曾在此“剃发为僧”，自号“雪个”，僧名“传綮”。此处明写“山冈”，实则暗寓八大其人；盖人物千古，莫可亲承；遗迹犹存，临风结想。作者心香一瓣，长在介冈。盖因所契既深，所见自高，而笃行追攀之志益坚，毕生誓欲以弘道弘艺相期，故曰“共励登临之志”。若深寻细按，全篇神理关键，亦正在斯句；至此，全篇的题旨得到空前的升发，此亦结句“立石以祷，万古垂裸”的当下意义之所在。高义英词，足以振衰起弊。若非大手笔，其笔力断不会如此运掉。

纵观全文，作者一本“披文以相质”之旨，缜密周匝，灵而不滞，仅数百言，却有千万言不尽之势，字字精当，推见至隐，足破百年来庸识俗见；且辞气严正，风霜集具腕下，固乃天才绝调，足为千古圭臬。其为杰构，洵非虚誉。

孔子大典祭文

周室颓隳[1]，礼乐废弛，九州失驭[2]。战伐出于诸侯，列国窥窃神器[3]。春秋之末，仲尼起于陬邑[4]，感万方之多难，乃驰驱以宣教[5]。冀辅弼于乱世[6]，欲敦厉于黎庶[7]。然则宫寝邃远[8]，王者不悟。有楚狂接舆歌而过之[9]，痛詈凤德之衰[10]，切悲庙堂之殆[11]。往者不谏，来者可追[12]，孔子乃归鲁[13]，不复出游。述而不作[14]，非谓徒托空言，追往事，思来者，悬明镜而作《春秋》[15]，立极则以昭万代[16]。凤鸟不至，河图不出[17]，忧古道之不彰也；久矣吾不复梦见周公[18]，伤往哲之益远也[19]。遂力倡仁恕中和之道[20]，克己复礼之德。播雨杏坛[21]，天下士赴之如万类之附麟凤[22]。若颜渊、子路、公冶长、子张、子贡、曾子七十二贤列坐其次[23]，三千学子，相望于道。仲尼自云：吾少也贱，故多能鄙事[24]。乃谆谆以告诸君子，知任重而道远，期弘毅以自励[25]。世幽昧而炫耀[26]，独好古而敏求[27]。视富贵如浮云[28]，思贤若渴，闻义即徙。不降其志，不辱其身。夫子者，其集微子、箕子、比干之懿德嘉行于一身者也[29]。世人以夫子为木铎[30]，非无由也。颜渊喟然而叹曰："仰之弥高，钻之弥坚，瞻之在前，忽焉在后[31]。"是高弟子之敬仰，亦足为万代所共祀者也[32]。荆玉含宝，幽兰怀馨，此孔学之无尽藏也[33]。延越百余岁，孟子起于邹而倡义[34]，与孔子之倡仁相辅佐[35]。又越三百载，汉武独崇儒术[36]，乃有毛亨、郑玄之辈为之诠[37]，董仲舒之属演其说[38]。再越千二百年南宋理宗朝濂、洛、关、闽之学[39]，勉心景迹[40]，遂成大观，共祭诸孔庙。更越千载，日月虽迈，诵说犹馨[41]，百川竞乎孔子之门庭，孔学之克守，于今愈盛。孔子学院，遍列全球，蔚为人类文化之奇观。

世变事异，而孔学不衰者，以"仁者爱人""先欲达人"为黾勉天下之襟抱[42]；"己所不欲，勿施于人"则厚望瀛海以高节[43]。唯和衷以共济[44]，讲信而修睦[45]，此足称万国邦交之极则[46]，亦各族和谐之宏观。遗训虽远，践行在迩[47]，岁寒松柏，历千万龄而不凋，其非孔子博怀之远猷[48]，而周赡之大略欤？[49]

巍巍陵寝，郁郁巨柏，云霄万古，黛色参天[50]。仰瞻烟霞，伏增肃敬，焚香再拜，赋以永祷。

注释：

［1］周室：参见《水泊梁山记》注［12］。颓隳：败坏。隳，音“灰”。

［2］失驭：失去掌控；意谓天下无序。

［3］神器：象征国家权力之物，如玺、鼎等。借指帝位、政权。

［4］陬邑：边远乡邑。陬，音“邹”。

［5］驰驱：奔走效力。

［6］辅弼：辅佐。

［7］敦厉：亦作“敦励”，劝勉、勉励。黎庶：黎民、百姓，民众。

［8］宫寝：宫殿。邃远：语本屈原《离骚》“闺中既以邃远兮，哲王又不寤。”

［9］楚狂：用作狂士的通称，常用为典。接舆：春秋楚隐士，佯狂不仕。亦以代指隐士。邢昺疏：“接舆，楚人，姓陆名通，字接舆也。昭王时政令无常，乃披发佯狂不仕，时人谓之楚狂也。”《论语·微子》：“楚狂接舆歌而过孔子曰：‘凤兮凤兮，何德之衰！’”

［10］詈：音厉，意为骂、责骂。凤德：德行名望。语出贾谊《吊屈原赋》：“凤皇翔于千仞之上兮，览德辉而下之；见细德之险徵兮，遥增击逝而去之。”

[11]庙堂：太庙的明堂。古代帝王祭祀、议事的地方。借指朝廷。语本范仲淹《岳阳楼记》："居庙堂之高，则忧其民；处江湖之远，则忧其君。"殆：危险。

[12]谏：规劝、改正。语本陶渊明《归去来兮辞》："悟以往之不谏，知来者犹可追。"

[13]归鲁：鲁，指鲁国。此指孔子的家乡阙里。

[14]述而不作：周公制礼作乐，孔子以为无可增益，故表示"述而不作"。见《论语》。

[15]《春秋》：儒家经典之一。编年体春秋史。相传由孔子据鲁国史官所编《春秋》加以整理修订而成，记载自公元前722年至前481年共242年间的史事，是中国最早的编年体史书。

[16]昭：明。

[17]河图：儒家关于《周易》卦形来源的传说。

[18]周公：西周初著名政治家，孔子心目中的理想人物。

[19]往哲：古代的圣贤。

[20]仁恕：仁爱宽容。中和：中庸之道的主要内涵。儒家认为能"致中和"，则天地万物均能各得其所，达于和谐境界。

[21]杏坛：位于山东曲阜，相传为孔子讲学处。因泛指授徒讲学的地方。

[22]麟凤：麒麟和凤凰，比喻才智出众的人。

［23］七十二贤：指孔门中较为优秀的弟子。

［24］吾少也贱，故多能鄙事：意谓孔子小时候由于生活艰难，所以会干一些粗活。

［25］弘毅：抱负远大，意志坚强。语出《论语·泰伯》："曾子曰：'士不可以不弘毅，任重而道远。'"

［26］幽昧：昏暗不明。语出屈原《离骚》："世幽昧以昡曜兮，谁云察余之善恶。"

［27］敏求：勉力以求。

［28］视富贵如浮云：语出《论语》："不义而富且贵，于我如浮云。"

［29］微子：周代宋国的始祖。名启，殷纣王的庶兄，封于微（今山东梁山西北）。因见纣淫乱将亡，数谏，纣不听，遂出走。周武王灭商，复其官。周公承成王命诛武庚，乃命微子统率殷族，奉其先祀，封于宋。《尚书》有《微子》篇。箕子：文丁之子，帝乙的弟弟，纣王的叔父，官太师，封于箕（今山西太谷，榆社一带），名胥余，作为中华第一哲人，在商周政权交替与历史大动荡的时代中，因其道之不得行，其志之不得遂，"违衰殷之运，走之朝鲜"，建立东方君子国，其流风遗韵，至今犹存。比干：商纣王的叔父，官少师。因屡次劝谏纣王，被剖心而死。懿德：美德。

［30］木铎：以木为舌的大铃，铜质。古代宣布政教法令

时，巡行振鸣以引起众人注意，以喻宣扬教化的人。

[31]喟然：深深叹息之状。仰之弥高，钻之弥坚，瞻之在前，忽焉在后：意谓越仰望越显得高远，越研钻它越显得坚固，看它好像在前面，一忽又像在后面。此乃极赞孔子之语。

[32]祀：祭典。

[33]荆玉：荆山之玉，即和氏璧。喻指美质贤才。无尽藏：藏，宝藏。

[34]邹：中国周代诸侯国名，在今山东省邹县东南。倡义：参看《水泊梁山记》注［16］。

[35]孔子倡仁：参看《水泊梁山记》注［15］。

[36]汉武：即汉武帝。在董仲舒的建议下，汉武帝提出“罢黜百家，独尊儒术”的政治主张。

[37]毛亨：“毛诗”的开创者。古时有四家为《诗经》作注，齐、鲁、韩三家诗从西晋到宋先后失传，现仅存《韩诗外传》六卷，只有毛亨、毛苌叔侄作注的“毛诗”流传下来。由郑玄作笺、孔颖达作疏，成就了《毛诗正义》。郑玄（127－200）：东汉经学家。字康成，北海高密（今属山东）人。曾入太学受业，后从马融学古文经。游学归里，聚徒讲学，弟子多达数百千人。桓帝时因党锢事被禁，潜心著述，遍注群经，自成一家，为汉代经学之集大成者，号称“郑学”。

[38]董仲舒（前179－前104）：西汉哲学家。广川（今河北景县）人。曾建议汉武帝废除各家之学，独尊儒术，为汉武帝采纳。此后，两千余年的封建社会都以儒学为正统。提出“天人感应”说，还提出“三纲五常”的封建伦理。著作有《春秋繁露》等。

[39]濂、洛、关、闽：宋代理学的四个学派。“濂”指濂溪周敦颐。“洛”指洛阳程颢、程颐。“关”指关中张载。“闽”指讲学于福建的朱熹。

[40]景迹：业迹、行迹。

[41]馨：散布很远的香气，此喻流布广远。

[42]黾：音“敏”。努力，勉力之意。襟抱：心愿，抱负。

[43]瀛海：浩瀚的大海。此指全球。瀛，音“迎”。

[44]和衷以共济：衷，内心。济，渡。此喻同心协力，克服万难。

[45]讲信而修睦：修，建立。睦，和睦。意谓人类若要和谐，必须讲究信用，谋求和睦。

[46]极则：最高准则。

[47]迩：近。

[48]远猷：长远的打算、远大的谋略。

[49]周赡：充足、完备。

[50]黛色：青黑色。

评析：

这篇祭文系范曾先生应邀为中国曲阜国际孔子文化节举行祭孔大典而作，后于此间的孔子文化园刻碑留念。高文典册，大雅不群。

祭文开首便从孔子所处的春秋末期礼崩乐坏的社会背景着眼，由于作者对孔子生平行迹熟贯于胸，故能振笔直遂，运以浩气，纬以精思，而关目节次，正复分明。叙其事则其指可想，溯其迹则其圣足仰。出以赋笔，发为史论，井井整整，肃肃穆穆。从章法上看，不惟紧扣题旨，亦为后段之宏议作势。

以祭孔子，以探圣学，不能不探究孔子其人其学的核心价值及对后世的深巨影响。孔子逆境而立，倡“为政以德”的治国之道，授民以礼，施民以德，恩泽后世，惠及万民；以故，作者始终将“仁恕中和之道，克己复礼之德”的儒学精髓贯穿于整个祭文之中。敷陈圣德，典重博大，此正孔子“足为万代所共祀者也”。作者此处运笔重如巨鼎，庄肃老成，杰笔崇论，时绕笔端：“世幽昧而炫耀，独好古而敏求。视富贵如浮云，思贤若渴，闻义即徙。不降其志，不辱其身。夫子者，其集微子、箕子、比干之懿德嘉行于一身者也。世人以夫子为木铎，非无由也。”于此足见范曾先生命意布局，无不蹈乎大方，立论精审，藻思绮合。

作为儒学宗师、儒家思想的集大成者，孔子的儒家思想已然成为博大精深的中华文化的主干和维系国人精神的基础，对于中华民族的统一、繁衍、稳定，作用綦巨。接下来，范曾先生又以史笔揭橥斯旨：

> 延越百余岁，孟子起于邹而倡义，与孔子之倡仁相辅佐。又越三百载，汉武独崇儒术，乃有毛亨、郑玄之辈为之诠，董仲舒之属演其说。再越千二百年南宋理宗朝濂、洛、关、闽之学，勉心景迹，遂成大观，共祭诸孔庙。更越千载，日月虽迈，诵说犹馨，百川竞乎孔子之门庭，孔学之克守，于今愈盛。孔子学院，遍列全球，蔚为人类文化之奇观。

词醇理密，肃穆雍容，此乃直承上文之余脉而来，凤髓龙筋，章藻粲发，固是手高，亦关神解。此段闪烁着史家光彩的崇论宏议，以回溯之笔，极赞孔子所创发的儒家文化在两千余年中国历史文化长河中的至尊地位及孔学无远弗届的文化影响力，古今参会，层见叠发，精悍警策，精义铄金，读罢益信孔子之学，历世而不易；至德之符，得时则必兴。譬之本根，日加护持，则蔚霞吐华，当不期自致焉尔。

在此祭文结穴处，作者又进一步阐发道：

世变事异，而孔学不衰者，以“仁者爱人”“先欲达人”为黾勉天下之襟抱；“己所不欲，勿施于人”则厚望瀛海以高节。唯和衷以共济，讲信而修睦，此足称万国邦交之极则，亦各族和谐之宏观。遗训虽远，践行在迩，岁寒松柏，历千万龄而不凋，其非孔子博怀之远猷，而周赡之大略欤？

此乃“孔学”卓万古而不磨，盱千载而独见之不朽价值，亦今日公祭孔子的现实指归之所在。三复斯言，直欲向这位垂范千秋的孔圣人“焚香再拜，赋以永祷”。

作者胎息桐城，经纬伯子，汲古功深，骈散为用。纵观此文，笔路至清，义法严明。关键处能提其要，微奥处能撷其精。至重之理，以精心抉之；至繁之绪，以大笔举之。不惟笔墨之工，亦具见识力之雄。气疏以达，词正而葩，虽系祭孔之作，通篇却以气势运笔，纵横开阖，俯仰吐纳，使骈体文辞呈现出灵动之气韵，且焕发出借古鉴今的强大生命力，此真辞赋家中之射雕手也。

黄帝赋

一峰独峙[1]，拥祥云以布彩；九曲周流[2]，回碧水而迎霞。唯怀大德雄才者[3]，方能临万国[4]；而运骁兵韬略者[5]，果可服四裔[6]。高天厚土，乃生轩辕[7]。旌麾所向[8]，克成厥功[9]。东冯海滏[10]，北极釜山[11]，西达陇右[12]，南巡江汉[13]。邦畿千里[14]，天威其指[15]，无远弗届[16]。黄帝遂使羲和占日[17]，常仪占月[18]，臾区占星气[19]，伶伦造律吕[20]，大桡作甲子[21]，雍父作杵[22]，仓颉作书[23]。此礼仪之大略与夫天人之极则也[24]。皇炎炎其扬灵[25]，虽蛮夷而蒙庥[26]。彼苍者天[27]，泽惠仙都[28]，甘霖以降，汇为鼎湖[29]。值黄帝移徙[30]，不常厥邑[31]。迁流岁月，不知老之将至。驻跸彳亍[32]，遂卜祠之所在[33]。鼎水之浒[34]，铸鼎以昭社稷之永固[35]；苍山之巅，驷虬便入云霄以长辞[36]。伟哉轩辕，遐迩共禩[37]。是传是说，信史所从[38]。为神州百族所共仰，亦华夏根脉所系维。鲁迅，浙人也，有“寄意寒星荃不察，我以我血荐轩辕”句，耿耿之怀，天日可表，伏维再拜，万代千秋。

注释：

[1]一峰：指桥山。取义于“桥山龙驭”之说。相传黄帝118岁出巡河南时，忽听晴空发出巨大声响，一条黄龙自天而降，将黄帝接上天。当黄龙飞至今陕西桥山上空时，黎民百姓大声呼喊，为黄帝送行。黄帝见此，遂下驾安抚百姓。因黄龙催黄帝上路，黄帝不能违背天命，遂无奈地乘龙上天。此即所谓“桥山龙驭”。后来人们将黄帝的衣冠葬于桥山，起冢为陵。如今，陕西省黄陵县桥山已成为黄帝的陵寝所在地，是海内外炎黄子孙共同向往的精神圣地。

[2]九曲：世间山水之幽奇，当推武夷山为最；而武夷之魂在九曲溪。

[3]雄才：指才能出众之人。

[4]方能：才能。

[5]骁兵：勇猛的士兵。韬略，本指《六韬》《三略》，均为古代兵书，引申为用兵的计谋。后泛指谋略。

[6]四裔：四方边远之地。

[7]轩辕：即黄帝，中华民族的人文初祖。

[8]旌麾：帅旗。用羽毛装饰的军旗，用以指挥军队。

故欲破敌军必夺其旌麾。

[9]厥功：厥，代词。其，这。

[10]冯：凭。澨：堤岸。

[11]釜山：全称釜山广域市，位于今韩国东南端，是韩国第一港口和第二大城市。

[12]陇右：古人以西为右，故称陇山以西为陇右。陇右地区位处黄土高原西部，界于青藏、内蒙、黄土三大高原接合部。

[13]江汉：指长江和汉水。

[14]邦畿：王城及其所属周围千里的地域。

[15]天威：上天的威严，上天的威怒。

[16]弗届：弗，否定副词，不。届，到达。此句意谓不论多远皆可到达。

[17]羲和占日：羲和，汉族神话传说中的人物，是驾御日车的神。占日，观察日的运行，作为制订历法的根据。

[18]常仪占月：常仪，即嫦娥，汉族神话传说中掌管月亮的人。又有常羲之名，为帝俊之妻，后为黄帝手下掌管历法的大臣，乃月神，以善占月之晦、朔、弦、望著名。

[19]臾区：又作鬼容区，传说为上古医家，黄帝之臣，

曾佐黄帝发明五行，详论脉经，于难经究尽其义理，以为经论。星气：天文学上指宇宙间能发光的或反射光的天体；有一定的形状、体积，能自由散布的物体。

[20]伶伦：又称泠伦，是古代汉族民间传说中的人物。据《吕氏春秋·仲夏纪》载，泠伦相传为黄帝时代的乐官，是中国古代发明律吕、据以制乐的始祖。《吕氏春秋·古乐》有“昔黄帝令伶伦作为律”的一段记载，说伶伦模拟自然界的凤鸟鸣声，选择内腔和腔壁生长匀称的竹管，制作了十二律，暗示着“雄鸣为六”，是6个阳律，“雌鸣亦六”，是6个阴吕。《古乐》篇还记载了伶伦制乐的传说。记载中对黄帝以前氏族社会的乐舞，只列其内容，而名之以氏族名称；氏族社会进入父系之后，自伶伦作《咸池》起，始有专用乐名。律吕：古代汉族乐律的统称，可分为阳律和阴律。是有一定音高标准和相应名称的中国音律体系。律吕是十二律的别称，语源出于三分损益律的六律、六吕。《伶州鸠论律》中将十二律按次序分为单数、双数排列，称单数各律为“六”，称双数各律为“六间”。单数的六个律即六律，后世又称为六阳律；双数的六个律即六

吕，后世又称为六阴律或六同。

[21]大桡：黄帝的史官，相传黄帝命史官大桡制定天干地支，用来计算年月日，从此中国有了年月日的计算，后人称为“黄帝历”——此即所谓“作甲子”。

[22]雍父：黄帝之臣。相传黄帝曾命他作杵，所谓杵，类似于棍，持杵者手握棍状物体一端，用另一端去插或撞击需要压紧的物体或东西。

[23]仓颉：传为轩辕黄帝左史官，据史书记载，仓颉面长四目，天生睿德，常观奎星圆曲之势，察鸟兽蹄迒之迹，依其类像之形首创文字，革除当时结绳记事之陋，开创文明之基，被尊奉为“文祖仓颉”。《说文解字·自序》：“黄帝之史苍颉，见鸟兽蹄迒之迹，知分理之可相别异也，初作书契。”

[25]扬灵：显灵。《楚辞·离骚》：“皇剡剡其扬灵兮，告余以吉故。”

[26]蒙庥：得到他人的护佑或恩惠。

[27]彼苍：苍天。语出《诗经·秦风·黄鸟》：“彼苍者天，歼我良人。”

[28]泽惠：恩惠、惠泽。

[29]鼎湖：位于广东省中部偏西，西江下游，是肇庆

市中心城区重要组成部分，属珠江三角洲地区改革发展规划范围主体之一。

[30]移徙：指搬家迁移住所之意。

[31]厥邑：城市、都城。

[32]驻跸：帝王出行时，开路清道，禁止通行。后泛指跟帝王行止有关的事情。明冯梦龙《东周列国志》第四十一回："晋侯率诸侯预于三十里外迎接，驻跸王宫。襄王御殿，诸侯谒拜稽首。"彳亍：慢步行走或时走时停。

[33]卜：占卜。古代一种用火灼龟甲，观其裂纹以预测吉凶的迷信行为。祠：是为纪念伟人名士而修建的供舍（相当于纪念堂）。这点与庙有些相似，因此也常常把同族子孙祭祀祖先的处所叫祠堂。祠堂最早出现于汉代，据《汉书·循吏传》记载，"文翁终于蜀，吏民为立祠堂。及时（指诞辰和忌日）祭礼不绝。"东汉末，社会上兴起建祠抬高家族门第之风，甚至活人也为自己修建"生祠"。自此祠堂日渐增多。

[34]鼎水：像鼎中的水沸腾一样。形容局势不安定，有时也用以形容人声嘈杂。

[35]铸鼎：指黄帝铸鼎乘龙的传说。

［36］驷虬：释亦作驷铁。驾一车之四匹赤黑色马。

［37］遐迩：远近。

［38］信史：确实可信的历史。按，古代史官记事，大抵有两种目的：一是征实，二是劝惩。如晋国的董狐不畏权势，记“赵盾弑其君”。齐国太史记“崔杼弑其君”，虽杀身不悔，为的是征实与惩恶，作后世的鉴戒。又，后世史家推尊孔子所著的《春秋》，以为“笔则笔，削则削”，“笔”是书，“削”是不书，皆有大道理在。《春秋序》云：“夫子因鲁史之有得失，据周经以正褒贬。一字所嘉，有同华衮（古代皇帝及上公的礼服——注者）之赠；一言所黜，无异萧斧之诛。”

评析：

此赋劈首翻起，出以骈体，最为出色，如凭虚御空之奇突，似悬岩万仞之陡峻，锵然有声。细味斯赋，若不如此振起，便不足以拢住八荒之气，使人想见创辟万物之人文始祖也。

自“唯怀”始，承上而下，挈领全文，功候在焉。盖凡圣人之出，皆怀大德雄才，非由外铄，故为道也至大至正，其化施敷教也易行易广。作者循此一理路，极赞黄帝的“如天之功”，记畔乱，记拓疆，记肇创之功，记化育之德，皆出以实笔，隶事不厌其多，要在无不切题下笔，脉理极清；至于通篇从高处立，大处行，则井井整整，雍雍肃肃，洵杰笔也。黄帝之德业固昭著天壤，而此赋在气格上亦正大深宏，两相契合，妙在既弘宣圣德，亦为下文的通发大义设伏作势，无一泛笔。末段自“伟哉轩辕”以下，发出宏议崇论：“为神州百族所共仰，亦华夏根脉所系维”，此乃全篇之大结穴处，亦赋家作述之大旨。赖有上述经意之笔的层层叙写，归本于此，便不仅具有“尊题”“点题”之义，直令人对肇创吾华的人文始祖矍然生敬，而荣为炎黄之裔矣！

此赋文势苍莽，词章炳蔚，茗味文意，觉至此似已完足，其妙处却在于更以转为收，作结于鲁迅之诗，古今参会，笔寄遥情，如江城之玉笛，余韵荡肠；夜珠之夺目，其照不疲。义烈之辞，掷地有声，纵“荃不察”，犹以血荐之，百挫难摧，九死无悔；正是以鲁迅先生为代表的历代志士这种“爱国如饥渴”（班固语）、“常思奋不顾身，以殉国家之急”（司马迁语）的“血荐”精神，形成了一种贯穿古今的可贵传统，一种为“华夏根脉所系维”的强大凝聚力与向心力；在每个历史的紧要关头，必有无数不避斧钺爝火奔驰的志士仁人靡躯报国，使多难兴邦的历史奇迹，一次次镌刻在由“黄帝”开篇的皇皇史册上。——由是乃见赋家之笔，不惟光竹帛而耀勋猷，亦垂洪范以启后昆。高义英词，薄云天，铭金石，自当与鲁翁之诗并寿千古矣。

荞神州赋[1]

云浮千秋，江山万古，是一片心头的圣址和净土[2]。有共工来破[3]，有女娲来补[4]，有历代志士仁人荡尘涤垢、驱陈除腐。哺我有天降雨露，饱我有垄亩禾黍[5]，她是生我、养我、爱我、抚我的慈母。

导水有大禹的锄[6]，劈山有五丁的斧[7]，论天地有众妙之门的太极图[8]，撑天地有傲骨铮铮的大丈夫。道既存，德不孤[9]，漫道古今风物殊[10]。问北国的严霜皓雪，问江南的绿草平芜[11]，问半壁海日[12]，问晓霞暮雾，问戍卒嫠妇[13]，问睿智顽鲁[14]，问列宗列祖，五千年文明是乐是苦？天无语、地无语，但只见桃花尽日随流水[15]，但只见寒雨连江夜入吴[16]。永恒的逝水如斯[17]，永恒的苍茫沉浮。君不见五千年轮番的寒暑，五千年不尽的荣枯，五千年的玉帛变鼙鼓[18]。找平天下的圣贤，寻治家国的良图，无李白的如弦大道[19]，有屈原的漫漫征途[20]，深祷她国泰民富，深祷她天朗地苏。

我们的笔顿之山安，导之泉注[21]。曾几番击节长歌[22]，风卷云舒；曾几番濯浪飞舟，天低吴楚[23]。这是一首浩茫悲怆的歌，是一首恢宏壮丽的赋，一首十亿朵莲花簇拥着、奉献给莽神州的歌赋，一首灵魂深处回旋的神州赋。

注释：

[1]莽：广大、辽阔。神州：即华夏、中国。相传黄帝为中央天神。黄帝以土德王，故其领治的土地称为神州。又，中国又有赤县、神州之称，最早见于司马迁《史记·孟子荀卿列传》。

[2]圣址：神圣之地。净土：原为佛教用语，指清净国土、庄严刹土，也就是清净功德所在的庄严处所，是诸佛菩萨为度化一切众生，在因地发广大本愿力所成就者。因为有十方三世一切诸佛菩萨，因此也就有十方无量的净土。

[3]共工：部落名，为“共工氏”之略语，共工部落首领的泛称。共工为中国上古汉族神话中的水神，掌控洪水。在中国古代奇书《山海经》中记载，共工与颛顼争夺帝位未遂，乃怒撞天柱不周山。又载共工素来与火神祝融不合，因“水火不相容”而发生惊天动地的大战，最后共工失败，怒触不周山。

[4]女娲：中国上古神话中的创世女神。又称娲皇、女阴娘娘，史记女娲氏是华夏民族的人文始祖、福佑社稷之正神。相传女娲造人，一日中七十化变，以黄泥仿照自己抟土造人，创造人类社会并建立婚姻制度；后

因世间天塌地陷，于是熔彩石以补苍天，斩鳌足以立四极，留下“女娲补天”的神话传说。女娲不但是补天救世的英雄和抟土造人的女神，还是创造万物的自然之神，神通广大，化生万物，每天至少能创造出七十样东西。因其有创世造物之功，故被称为大地之母，是被民间广泛而又长久崇拜的创世神和始母神。

[5]垄亩：田亩。禾黍：泛指黍稷稻麦等粮食作物。宋人曾巩《送程公辟使江西》诗：“袴襦优足遍里巷，禾黍丰穰罄郊野。”

[6] 大禹：史称大禹、帝禹，为夏后氏首领、夏朝开国君王。禹是黄帝的玄孙、颛顼的孙子（但亦有学者认为是颛顼六世孙）。其父名鲧，被帝尧封于崇，为伯爵，世称“崇伯鲧”或“崇伯”，其母为有莘氏之女脩己。禹是中国古代传说时代与尧、舜齐名的贤圣帝王，其不朽之功在于治理滔天洪水，划定中国国土为九州。又，禹因治理黄河有功，受舜禅让而继承帝位，为夏朝第一位天子，故又被后人称为夏禹。禹死后安葬于会稽山上（今浙江绍兴市南），如今禹庙、禹陵、禹祠等遗迹犹存。从秦始皇开始，历代帝王大都来此祭祀。

[7]五丁：在蜀开明王朝时，负担劳役的劳动人民被称为

五丁或五丁力士。后来传说为五个力士。《艺文类聚》卷七引汉扬雄《蜀王本纪》："天为蜀王生五丁力士，能献山，秦王（秦惠文王）献美女与蜀王，蜀王遣五丁迎女。见一大蛇入山穴中，五丁并引蛇，山崩，秦五女皆上山，化为石。"

[8]太极图：以黑白两个鱼形纹组成的圆形图案，俗称阴阳鱼。太极是古代哲学术语，意为派生万物的本源。太极图形象化地表达了阴阳轮转、相反相成是万物生成变化根源的哲理。

[9]德不孤：语出《论语》："德不孤，必有邻。"

[10]殊：不同。

[11]平芜：草木丛生的平旷原野。

[12]半壁：语本唐人李白《梦游天姥吟留别》："半壁见海日。"

[13]戍卒：戍守的兵卒。嫠妇：孤居的妇女。语本苏东坡《赤壁赋》："舞幽壑之潜蛟，泣孤舟之嫠妇。"

[14]顽鲁：亦作"顽卤"，与"睿智"相对，谓顽劣愚钝。语本北齐颜之推《颜氏家训·教子》："贤俊者自可赏爱，顽鲁者亦当矜怜。"

[15]"桃花"句：语出唐人张旭《桃花溪》："隐隐飞桥隔野烟，石矶西畔问渔船。桃花尽日随流水，洞在清

溪何处边。”

[16]“寒雨”句：语本唐人王昌龄《芙蓉楼送辛渐》诗：“寒雨连江夜入吴，平明送客楚山孤。洛阳亲友如相问，一片冰心在玉壶。”

[17]逝水：语本《论语》：“逝者如斯夫，不舍昼夜。”

[18]玉帛：指带有王室标记“饕餮纹”的玉器和像藏族哈达那样的白色丝巾，在古代是诸侯国之间、诸侯与天子之间见面时互赠的礼物，它与“干戈”相对，是“诸侯亲如兄弟、大家共尊天子”的和平共处的象征物。鼙鼓：是中国古代军队中用的小鼓，汉以后亦名骑鼓。语本《周礼·春官·钟师》：“掌鼙鼓缦乐。”《六韬·兵徵》：“金铎之声扬以清，鼙鼓之声宛以鸣。”晋陆机《演连珠》之三六：“臣闻柷敔希声，以谐金石之和；鼙鼓疏击，以节繁弦之契。”

[19]如弦大道：语本李白《行路难》：“大道如青天，我独不得出。”《老子》第五十三章：“大道甚夷，而民好径。”意谓大道笔直平坦，人们却喜欢走捷径。

[20]漫漫征途：语本《离骚》：“路曼曼其修远兮，吾将上下而求索。”

[21]顿之山安，导之泉注：语本孙过庭《书谱》：“顿之则山安，导之则泉注。”

[22]击节：指打拍子。后用来形容对别人诗文的赞赏。《三国志·蜀志·马良传》：“良留荆州，与亮书曰：‘……此乃管弦之至，牙旷之调也。虽非锺期，敢不击节。’”

[23]吴楚：春秋时二国名，其地略在湖南、湖北、江西、安徽、江苏、浙江一带。后泛指长江中下游。

评析：

这篇赋文是范曾先生于1990年创作完成的，是其受众最多也是最脍炙人口的名赋之一。逮至今日，一提到范曾，人们就会想起《莽神州赋》；就像当年人们一提起戴望舒，便会想到他的《雨巷》。对于作为丹青巨手的范曾先生来说，其名字能与这样一篇万口腾誉的名赋紧紧地绾结在一起，无疑是一种高逸的幸福。尤其是在金钱、物欲及以视听文化为主导的商品文化全面笼罩的当下，像辞赋这类“今人多不弹”的文体，早已边缘化为一座孤岛，而“守望者”的称号正成为这个时代对辞赋家苍凉的命名。

而范曾先生却始终高擎着“回归古典”的大纛——他其实早已看清：断裂与承传、分化与整合、解构与重建、现实与理想——所有的命题都呈现出空前的凝重与严峻。惟其如此，他的文化姿态益显刚毅、坚定。他深知：历经数千年不衰的传统文化，自有其强大的生命力；它之所以沉睡着未能充分焕发出自身的伟力，只是人们的心灵尚未向它彻底敞开。

当然，理论主张、文化姿态与具体的文本创作毕竟不是一码事；落实到笔墨上，远非像所谓“旧瓶装新酒”那样简单，它要求作家必须对“辞赋”这一古老文体从里到外进行个性化的拓殖与再造，使其涵纳进巨大的思想容量，并对当下做出富有个性创造的积极回应与影响。从《莽神州赋》中，我们欣喜地看到：这一切在范曾先生的笔下已然获得令人瞩目的成功，那一脉已成绝响的辞赋传统，又恢复了其纯正的基因，并为新的思想和审美意识所照亮而再度焕发生机。对此，我们不妨具体而言，先请看——

云浮千秋，江山万古，是一片心头的圣址和净土。有共工来破，有女娲来补，有历代志士仁人荡尘涤垢、驱陈除腐。

龙跳天门，虎卧凤阙，此赋一开首便笔力不凡，骈散相间，句皆百炼，却又自然入妙，直如六辔在手，控纵裕如。典重中带飘逸，严整中有排宕。从章法上看，全文以一个“莽”字立骨，将审美的触角伸向历史的深层，并对五千年文明漫长而艰难的发展历程作纵向回溯——

导水有大禹的锄，劈山有五丁的斧，论天地有众妙之门的太极图，撑天地有傲骨铮铮的大丈夫。

这一系列凝结着悠久的历史沧桑感的拟喻式意象的

有机组成和层层推进，无不从“莽”字生发而出；一个“莽”字，糅进了作者对历史、对民族、对自我生存价值的深沉思考，不仅传达出一种凝重的庄严感，亦透发出作者对五千年文明“漫漫长途”的立体复合感受：回溯与瞻望并存，赞叹与爱恋共生。无论是自我的盘诘，是历史的叩问，还是对民族振兴之伟力的求索、探寻，这种立体的复合感受，在文本中皆化为一种深沉、炽烈的灼人语感，流贯着于笔墨畦径之中；一种内在的律动，使我们直感到有一种昂奋的激情，一种与祖国休戚与共的责任感和使命感在体内涌动，不能自已。

对历史的追思与对未来的深情展望，作为贯穿此赋的两个理性支点，交叉渗透在此赋的意象组构之中——

> 天无语、地无语，但只见桃花尽日随流水，但只见寒雨连江夜入吴。永恒的逝水如斯，永恒的苍茫沉浮。君不见五千年轮番的寒暑，五千年不尽的荣枯，五千年的玉帛变鼙鼓。找平天下的圣贤，寻治家国的良图，无李白的如弦大道，有屈原的漫漫征途，深祷她国泰民富，深祷她天朗地苏。

真气郁蟠，浑浩流转，极尽辞赋铺张扬厉、铺采摛文之能事；由于移情作用，审美主体与客体在审美直觉中不断交融，互为映发，这不仅使我们强烈感受到有着五千年文明积淀的中华民族强大的再生力，亦油然地生发出沐浴着悠久灿烂的民族文化的那种巨大的幸福与自豪。必须指出的是，这种浩荡、激越的诗情并不是直线单向迸发，而是通过意象结构和物我交融，呈曲线式地多方位辐射和层层推进，造成意蕴的回环和审美的张力与弹性，它诉诸读者的审美想象与悟性；它使我们产生出将多种感觉交织在一起的立体感受，从而生发出强大的审美效应。再请看：

> 我们的笔顿之山安，导之泉注。曾几番击节长歌，风卷云舒；曾几番濯浪飞舟，天低吴楚。这是一首浩茫悲怆的歌，是一首恢宏壮丽的赋，一首十亿朵莲花簇拥着、奉献给莽神州的歌赋，一首灵魂深处回旋的神州赋。

在此赋收煞处，作者终于奏响了那个“大爱”的主题，将全篇推向抒情高潮。由于这一声声深沉炽烈的唱叹，是在完成了意象结构所赋予的全部涵义后迸发而出的，故荡气回肠，余韵悠长，使我们的心灵不啻再次受到一次崇高而庄严的洗礼。

总之，《莽神州赋》作为一篇名赋，拔萃出类，确有其独擅胜场足资师法者。首先，《莽神州赋》作为赋体，它既不同于汉赋，亦有别于六朝小赋及后世的辞赋（包括唐宋文），却又分明具有楚辞的灵异飞扬，汉赋的赡富华美，以及唐宋文的朴厚雄浑；而辞采的典雅博丽，则又迥别于被学界所习称的“俗赋”或“现代赋”，可视为范曾先生对辞赋体式的一种改造和创新；由此所形成的一个显著结果，便是变板滞为自然，化繁缛堆砌为洗练明净，在古文中融合进现代文化人的真实心境，从而使“体物”与抒情言志之功效更加突出，文笔亦摇曳多姿，错落有致，绝无“叶多花蔽”之弊。这无疑是一种文体上的巨大进步，呈现出现代性的辞赋特征。袭旧弥新，沿浊更清，范曾先生功莫大焉。其次，从风格上看，笔者以为可用“大气包举”四字从总体上概括《莽神州赋》的美学特征；如果我们将风格视作对题材的契合，那么，这种风格显然大有裨于文质的显现。复次，在摛文铺采上，此赋句式长短参差，骈散为用，且适量地掺入白话，与文言互融互补，极流畅自然之致；而在用韵上全文则一押到底，不换不转，具有大气斡旋、真力弥满的表情效果，具徵作者手眼之高、功候之深。至于章法上的收放开阖，使事用典的自然入妙，皆大大增强了此赋的文学品级与艺术魅力，宜乎选入大中学课本，以资覃研，俾使此道日就康庄。

记得范曾先生本人有过一段专论赋体散文创作的文字，不妨录此作结，文云：“中国之文自秦汉古文、六朝骈俪、唐宋八家以至明之刘基、归有光、袁宏道，清之方苞、姚鼐、龚自珍、魏源，近世之陈散原、林纾、范伯子，其中万象纷陈，难尽其美。总觉得凡足以传世者，必有浩荡庄严的意味在，必有凄楚沉痛的情愫在，必有剀切凌厉的判断在，必有美奂绮丽的幻想在。而要达到这山回路转、三致其意的境界，为文者当自有所感怀、有所激扬、有所铺陈、有所赋比，这就渐渐有了赋体散文之风神。而人类思维之左右相背，上穷下达，疏近导远，与夫比比皆是的宇宙对称律，必致骈俪。面貌之或隐或现，而中国文字的音律对仗排比，更使这骈俪有了依托。”（《骈赋发微》）说到底，“有龙泉之利，方可议于断割”，这不能不引发每一位矢志为赋者作出严肃思考：究竟应当以什么样的文本质量，才配厕身于文学史上熠熠闪光的名字之间。基于以上论析，我们有理由确信，《莽神州赋》作为凝结着范曾先生之天分、器识、学养与才气的名篇，足以踵美前贤而流布后世。